기획의 말

그리운 마음일 때 'I Miss You'라고 하는 것은 '내게서 당신이 빠져 있기(miss) 때문에 나는 충분한 존재가 될 수 없다'는 뜻이라는 게 소설가 쓰시마 유코의 아름다운 해석이다. 현재의 세계에는 틀림없이 결여가 있어서 우리는 언제나 무언가를 그리워한다. 한때 우리를 벅차게 했으나 이제는 읽을 수 없게 된 옛날의 시집을 되살리는 작업 또한 그 그리움의 일이다. 어떤 시집이 빠져 있는 한, 우리의 시는 충분해질 수 없다.

더 나아가 옛 시집을 복간하는 일은 한국 시문학사의 역동성이 드러나는 장을 여는 일이 될 수도 있다. 하나의 새로운 예술작품이 창조될 때 일어나는 일은 과거에 있었던 모든 예술작품에도 동시에 일어난다는 것이 시인 엘리엇의 오래된 말이다. 과거가 이룩해놓은 질서는 현재의 성취에 영향받아 다시 배치된다는 것이다. 우리는 현재의 빛에 의지해 어떤 과거를 선택할 것인가. 그렇게 시사(詩史)는 되돌아보며 전진한다.

이 일들을 문학동네는 이미 한 적이 있다. 1996년 11월 황동규, 마종기, 강은교의 청년기 시집들을 복간하며 '포에지 2000' 시리즈가 시작됐다. "생이 덧없고 힘겨울 때 이따금 가슴으로 암송했던 시들, 이미 절판되어 오래된 명성으로만 만날 수 있었던 시들, 동시대를 대표하는 시인들의 젊은 날의 아름다운 연가(戀歌)가 여기 되살아납니다." 당시로서는 드물고 귀했던 그 일을 우리는 이제 다시 시작해보려 한다.

기획의 말

그리운 마음일 때 'I Miss You'라고 하는 것은 '내게서 당신이 빠져 있기(miss) 때문에 나는 충분한 존재가 될 수 없다'는 뜻이라는 게 소설가 쓰시마 유코의 아름다운 해석이다. 현재의 세계에는 틀림없이 결여가 있어서 우리는 언제나 무언가를 그리워한다. 한때 우리를 벅차게 했으나 이제는 읽을 수 없게 된 옛날의 시집을 되살리는 작업 또한 그 그리움의 일이다. 어떤 시집이 빠져 있는 한, 우리의 시는 충분해질 수 없다.

더 나아가 옛 시집을 복간하는 일은 한국 시문학사의 의미망이 드러나는 장을 여는 일이 될 수도 있다. 하나의 새로운 예술작품이 창조될 때 일어나는 일은 과거에 있었던 모든 예술작품에도 동시에 일어난다는 것이 시인 엘리엇의 오래된 말이다. 과거가 이룩해놓은 질서는 현재의 성취에 영향받아 다시 배치된다는 것이다. 우리는 현재의 빛에 의지해 어떤 과거를 선택할 것인가. 그렇게 시사(詩史)는 되돌아보며 전진한다.

이 질문을 문학동네는 이미 한 적이 있다. 1996년 11월 황동규, 마종기, 강은교의 청년기 시집들을 복간하며 '포에지 2000' 시리즈가 시작됐다. "생이 덧없고 힘겨울 때 이따금 가슴으로 암송했던 시들, 이미 절판되어 오래된 명성으로만 만날 수 있었던 시들, 동시대를 대표하는 시인들의 젊은 날의 아름다운 연가(戀歌)가 여기 되살아납니다." 당시로서는 드물고 귀했던 그 일을 우리는 이제 다시 시작해보려 한다.

불태운 시집

문학동네포에지 036

유강희 시집

불태운
시집

시인의 말

이 세상의 모든 길 앞에 놓인 쓸쓸함을
나는 사랑한다.
깊은 어둠이 어둠으로부터 날 건져주었다.
헤맴이 곧 길이었다라고
말할 수 있을 때까지 헤매고 또 헤매리라.

아무튼, 난 이곳을 노래할 작정이다.

1996년 여름
유강희

개정판 시인의 말

내 발로 산정에 올라가 떠온
샘물 한 바가지, 함께 걸어온
시간의 발등에 부어주고 싶다.
여기까지 나를 끌고 온
어떤 바람의 피 냄새가
다시 날 눈뜨게 한다.

첫 시집이 나온 지 25년이 흘렀다.
흘렀다고는 하지만 흐른 게 아니라
여전히 어떤 소용돌이 속에
갇혀 있는 느낌이다.
초판에서 빠진 시 한 편을
새로 추가했다.
차례도 다시 손을 봤다.
시에 대한 무모한 순정과
끝없는 어리석음이 외려
나의 스승이었음을
부끄러이 고백한다.

2021년 11월
유강희

차례

3부

4부

1부

외가집

소가 새끼를 낳았다. 찬물 한 그릇 떠서 누렁콩도 소복이 담아 외양간 앞에 놓았다. 이틀밖에 안 된 송아지가 머리로 툭툭 차면서 퉁퉁 불은 젖을 빨아먹는다. 눈이 선한 어미는 마른 지푸라기를 소리 없이 새김질하며 이따금 꼬리를 흔들어 쇠파리를 쫓는다. 오래된 낡은 대문에는 한지를 잘라 끼운 쌍줄을 쳤다. 지나가던 이웃 사람도 함부로 들어오지 못하고 복만이 있는가, 큰 소리로 삼춘 이름만 부르곤 한다. 거기에는 한쪽 다리를 끌고 일흔이 넘은 외할머니 산다.

엿장수 가위

나도 한때 엿장수 가위가 되고 싶은 적 있었다.
우리나라 어느 한 곳 성한 데 없는, 눈물 마를 날 없는 동네 구석구석 돌아다니며,
세상의 슬픔도 싹둑싹둑 자르는
그 낡고 못생긴 엿장수 가위가
되고 싶은 적 있었다.
그런 마음으로 시를 쓰고 싶은 적 있었다.
나의 사랑하는 사람이 저만치 울며 간다.

땅꾼

땅꾼은
뱀처럼 겨울잠을 자지 않는다.
뱀의 독이 가장 오른다는 늦가을
땅꾼은 산에 오른다.
막대기 하나로 온 산을 들쑤시고 다닌다.
뱀이 독을 품고 편히 잠들지 못하게
저희들끼리 얽히고 설켜 깊은 꿈 못 꾸게
땅꾼은 눈에 시뻘건 핏발을 세우고
홀로라도 산에 오른다.
한번 물리면 약도 없다는
그대로 쓰러져 죽고 만다는
독이 창끝처럼 오른 늦가을 뱀을 찾아
땅꾼은 생명을 걸고 산에 오른다.
그런데 뱀들은 꽁꽁 숨어 땅꾼을 기다린다.

할매

맑은 혼은 다 날라가버리고
빈 그릇만
남았네요
싸리꽃 할매.

막내

맨 나중까지 가지를 붙들고 있는
감처럼 빨갛게 익은
막내의 동그만 얼굴.
어느 겨울 아침 배고픈 까치가 날아와서
그걸 다 쪼아먹으면
그다음 해엔 열 배 스무 배로
더 많이 열리는
막내의 슬픈 얼굴.
어디까지 따라왔나.
가슴에 대롱대롱 매달려
나 사는 서울까지.

실향(失鄕)

이제 고향으로 돌아가자는 말은
하지 않기로 맹세한다.
얼마나 숱하게 우리는
고향을 배웠는가.
아니 고향을
부르짖었는가.
구호처럼.
구원처럼.
하지만 고향엔 더이상
주름진 어머니도
뻐꾸기 우는 풀숲도
진달래꽃이 피어 있는
옛 조상의 무덤도
소꿉놀이하던
그리운 순이도 없다.
스스로 고향을 버린 우리는
더이상 갈 곳이 없으므로
고향을 노래할 수조차 없다.

무당꽃

어릴 적
귀신을 불러들이고
귀신을 물러가게 했던 무당은
무당꽃처럼 무서우면서도 예뻤다.
그 무당 딸도 무당이 되어
작두를 타고 귀신과도 이야기하며
그 무당 엄마같이 무서우면서도 예뻤다.
그렇지 않으면 붉은 무당꽃이 가만 놔두지 않았다.

흥복사에 와서

마음만 먹으면 어디라도 떠날 수 있는 게 아닌가
마음만 먹다 정작 떠나지 못하고 여기 흥복사까지 왔네.
흥복사는 떠나려고 하는 자에게는 더욱 떠나지 못하게
발목을 붙잡는 곳, 길 옆에 따사로운 햇볕처럼 졸고 있었네.
서울에서 혹은 근방에서 차를 몰고 와 지나는 길에
잠시 들러 소풍 나온 듯 목을 축이고
어린 동자치들이 외는 불경 소리나 귀에 담고
다시 시동을 걸어 붕붕 왔던 길로 돌아가면
됐지. 이곳 흥복사에 와서도 어디론가 떠나려고
마음을 벼르는 자, 흥복사 절 마당에 있는 탱자나무를 보게.
속은 비어 썩었으면서도 새파란 가지 돋아나
그 위에 제 몸을 찔러 노오란 열매를 맺는
탱자나무의 해탈한 듯 푸르른 머리 위를 보게.
얼마나 오랜 세월 이렇게 떠나지 않으면서도
어떻게 저렇듯 자기를 비워 꽃을 피우고 열매를 맺는가를.
흥복사에 와서 떠나고 싶은 자 더욱 떠나지 못하네.

나주 배

—내 친구 최상에게

무심코 나주에 갔당게요.
너무 외로운 놈들은 저희들끼리 모여 아마 군락을 이룬다지요.
온통 배밭이드라고요. 하얀 배꽃 져부리고
한입 베물면 눈보다 흰 속살, 나주 배만 한 광주리 담아
서울 오는데, 네 얼굴 질긴 나주 배 나무뿌리처럼
내 얼굴 따라 얽혀오고 얽혀오고 허는디, 그때가 하마 어느 가을날이던가.

입산 금지

가을 산은
우리 어머니 같다.
저 피멍 든 가슴을 보라
한 잎 한 잎이 모두 아픈 생채기다.
누가 감히 그 산에 들어갈 수 있으랴.

길 끝의 집

더는 갈 데 없이 찾아든 외곽의 남루, 눈이 사계절 머루알처럼 익은 청년. 폐허가 된 돈사. 키 큰 잡초가 피운 꽃에선 돼지 울음소리가 들리고. 이제 더이상 잡초가 아닌 당당한 주인 행세. 다람쥐도 손님처럼 방문하고, 가끔 늙은 뱀이 선(禪)하다 가는 곳. 옛날에 젊은 처녀가 목을 매 죽었다는 돈사 옆 오두막에 사는 청년. 육이오 난리통에는 해방촌이었다는 끔찍한 이곳. 수절하는 거미가 밤낮 뽈난 세월을 한숨으로 칭칭 동여매며 산다는 길 끝의 그 집. 청년은 밤이면 피 묻은 낫을 들고 미친 듯 꿈 속을 뛰어다니고. 아침엔 피 묻은 똥을 누며 발정 난 수퇘지처럼 꿀꿀 운다는 전설의 그 집.

포장마차

나도 한 마리 말이 되어 우리나라 포장마차란 포장마차는 다 끌고 저 광활한 광야로 가고 싶다.

어머니의 겨울

할아버지 산소가 멀리 보이는 무너져내린 언덕에
어머니는 몇천 년 눈물로 헹구어온 보리 씨를
조선(朝鮮)의 한 뼘 가슴을 파고
그 기인 어둠 홀로 찍어 삼키며
박속 같은 얼굴로 뿌리시었다.

건넌 들에 마른 이마 때리는 눈발이 내리기 전
우리들은 서둘러 우리들의 연(鳶)을 만들어야 했다.
생전 할아버지의 숨결 푸른 마음으로
대쪽을 가르고 다시 잘라 다듬어서
산맥처럼 이어온 끈끈한 인정의 밥풀을 먹여
새 날개 같은 흰옷의 한지(韓紙)에 붙이면
그대로 살아오신 우리들 어머니 모습

우리들은 언덕보다 커다란 연에 따순 핏줄 같은 연줄을 매달아
보리밭 위로 날리기 시작했다.
감나무 깨죽나무를 지나 시암골 너벙바위를 넘어
하늘 높이 마악 솟구쳐 올랐을 때
활처럼 보리밭에 서서 먼산을 바라보시던
어머니의 그 흰 모시 수건이 보였고,

여름 한낮 날빛 번개가 휘두르고 간
어머니의 그 갈라진 발바닥 틈으로

가을 하늘보다 맑은 강물이 흐르고 있음을
아니 그보다도 그 하늘보다도 겨울의 언덕을 넘어
어머니의 보리밭이 불길처럼 새파랗게 타고 있음을
마을로 마을로 더 큰 마을로 타들어가고 있음을.

기억의 꽃

아직 기억의 꽃은 피어
싸늘히 비가 내린다.

공장 쓰레기 더미 위에 날리던
그 붉은 핏덩이의 울음

아무도 죽고 없었다.
그 여름의 불볕 말고는

나는 누렇게 타버린 잎사귀같이
얼굴이 말라비틀어져 있었을 뿐.

개 주인

개가 밤새 새끼를 낳았다.
달도 없는 캄캄한 어둠 속에서
자그만치 여덟 마리나 되는 어린 새끼를,
이 엄동설한에 한 마리도 얼어죽이지 않고
혼자 고스란히 순산했다.
새끼를 낳느라
홀쭉해진 어미 개는
젖이 모자란다.
앵두처럼 빨갛게 익은
부풀은 꼭지가 애린다.
찬바람 막으며 끙얼댄다.

개 주인은 일어나기 무섭게 아침 일찍
부랴부랴 자전거를 타고
읍내 시장으로 개 사료를 사러 간다.

들판엔 어느새 흰 눈이 가득하고……

2부

눈이 온다

아랍 문자처럼 눈이 온다.
초등학교 빈 운동장엔 모래들이 따스하다.
방학을 맞은 아이들이 남기고 간 웃음소리로,
급히 남쪽으로 방향을 바꾸는 풍향계.
회기 시장 언덕배기
튀밥을 튀기며 사는 할아버지 머리 위에도
옛날을 그리워할 사이도 없이 눈이 내린다.
눈이 내리는 만큼이나 많은 할말을
사람들은 그저 가슴에 묻고 눈을 맞으며 간다.
고향집 깊은 산속 아기 고슴도치도
눈을 바라보며 나와 같이 눈을 생각할 것이다.

감잎 하나의 옛집

늙은 흑염소가 커다란 감나무에 매여 있었다.
산그림자보다 서늘히 혼자 울고 있던 날들이
많이 있었던 까닭으로
나는 그 기력이 다한 염소의
희미한 뿔만 바라보아도
온몸이 파르르 아파오곤 했다.
며칠 후 염소는 소리 한번 못 지르고
아버지가 휘두른 한 번의 쇠망치에 조용히 죽었다.
그 뼈를 고아 어머니의 약으로 쓴다는
것, 이, 었, 다.
그날부터 감나무의 감잎이
더욱 푸르게 빛나는 걸 보았다.
그리고 그 아껴둔 푸르름으로
아예 생각의 옛집도 덮어버린 것을
오랜 시간이 지나서야
나는 겨우 알 수 있었다.

청거북이

휘경역, 퇴근 시간
사람들이 한꺼번에 튀밥처럼 쏟아져나온다.

역 계단엔
웬 낯선 아주머니.
플라스틱 수족관 앞에 앉아 있다.

아기 주먹보다 작은
청거북이들 그 안에서
서로의 멍든 등을 기어오르며
저희들끼리 소리 없이 붐빈다.

남태평양
어느 작은 섬에서
애꿎게 잡혀 온 청거북이들,
그 산홋빛 고향 바다며
늘 햇빛 눈부신 하늘이
그 깨알 같은 눈에도 어려 있다.

그 청거북이
한 쌍에 5천 원이라고
볼펜으로 꾹꾹 눌러쓴 종이 쪼가리가
플라스틱 수족관 위에 저 혼자 꽂혀 있다.

사람들은 한꺼번에
우르르르 튀밥처럼 쏟아져나오고……
막상 어디로 갈 줄 몰라 하다
두리번 눈을 번뜩여보는 또다른 슬픈 청거북이들.

금강 하구에서

객지에 나가 뿔뿔이 흩어졌던 가족들
여기서 다시 모두 모이는구나.
즐거운 명절도 아닌데
젖은 날개 그대로
끼룩끼룩 그리워
끼룩끼룩 서해 바다에
다 이르렀구나.
얼마나 큰 슬픔의 물결들이간대
울음 끝에 꺼져가는 붉은 피의 노을.
하구에서 만난
11월의 시계풀꽃은
끼룩끼룩
무릎이 시리다.
더는 돌아갈 수 없는 곳까지
너무 깊숙이 닻을 내려버린
삶.
자, 이제 그만
여기쯤에서 잡았던 손을 풀고
더 큰 바다를 향해
우리가 스스로 힘이 될 때까지
끼룩끼룩 헤엄쳐 가야지.

전주천

1

그 방천에 여름 되면
오염으로 죽은 잉어떼가 풀밭에 나뒹굴었다.
처녀 허벅지만한 잉어가 사람처럼 썩어갔다.
파리떼와 구더기떼가 그 몸에 들끓었다.
누구 하나 잉어를 살리지 못했다.
우리는 그 잉어를 막대기로 때리며 놀았다.
그 잉어의 비늘마다 노을은 아름다울 때까지 피 흘렸다.

2

실연당한 처녀가 약을 먹고 누워 있었다.
과수원집 큰아들이 리어카에 싣고 방천을 따라갔다.
그리고 아무 소식도 들려오지 않았다.
송아지 귀가 선인장처럼 까칠한 가을이었다.

3

겨울 둑길에 두더지 한 마리가 죽어 있었다.
내장이 몽땅 파먹힌 채로
꽁꽁 얼어붙어 있었다.
땅속의 두더지를 잡아먹은
그 어떤 누구는 누구일까.
그 겨울 방천엔 바람만 오사게 불어쌓다.

4

냉이꽃이 방천에 한창이다.
냉이꽃보다 못한 삶들이 굴속에서 기어나와
햇볕을 쬔다. 냉이 모가지가 쟁강 부러진다.
시퍼런 칼이다. 드디어 이곳에도 진짜 봄이 왔다.

다 탄 연탄

겨울
초입의 골목,
다 탄 연탄들이 문 앞에 나와 있네.
푸석한 얼굴, 한 가족처럼
층층이 탑을 이루며 눈을 맞고 있네.
외등은 서울의 달보다 쓸쓸하게
골목길을 지키고 있고
지나가는 사람 아무도 없네.
어쩌다 메밀묵 사려, 찹쌀떡 사려,
외치는 추억이 가난한 사람의 목쉰 소리.
아니 단돈 몇 푼이 그리운
동화 속의 고깔 쓴 난쟁이들인지도 모르네.
들려올 듯 멀어지는 그림자 뒤로
좇아오는 개 짖는 소리도 없이
시퍼렇게 젊은 한 사람이
골목 끝으로 막 사라지려는데,
등뒤에선 다 탄 연탄들 어깨동무하고
오래도록 눈 속에서 가족사진 찍고 있었네.

무덤을 파는 여우

할머니의 옛날이야기 속에서는
날마다 여우가 무덤을 판다.
꼬리가 아홉 개 달린 여우는
사람이 되기 위해
사람을 먹는다.
시퍼런 간을 빼 먹는다.
죽어도 울지 않는다.

장미 가시 위에 쓴 유서(遺書)

나는 한평생 노래 부르기 위해 이 지상에 왔다.
발 디딜 곳조차 없는 영혼들이 세상의 모서리를
그런 식으로 남겼다.
한겨울,
불이 나간 장미꽃밭,
정점(頂點)의 끝만이
너를 찌르겠다.
활활활, 불의 혀보다 뜨거운 칼날
사막의 피라미드보다 슬픔이 크다.
피도 눈물도 없는 너는
장미의 적(敵).
에미 애비도 모르는 후레자식.

조선낫

지금 내게 시퍼런 조선낫 한 자루 있다면
절망 끝, 희망이에요.
그것은 생떼 같은 그리움으로
날 저물고 해 뜨는
깊은 강물 속 오롯이 살아 있는 우리들 신화지요.
어디 조선낫이 그냥 낫인가요.
이빨도 잘 나가지 않는 진짜 낫이지요.
대장간에서 무쇠로 담금질해 만든 슬픔이니까요.
웬만한 바위에도 끄떡 안 하고
오히려 바위를 베려 하지요.
그뿐인가요, 울 아버지는
그 조선낫 하나로
한평생을 살아왔다지요.
산에 가선 나무를 하고
들에 가선 풀을 베었다지요.
농사도 짓고 가축도 키웠다지요.
그 아버지의 아버지의 먼 아버지 때는
그 조선낫으로 또 왜놈들의 등골을 서늘하도록 찍었다지요.
슬픔을 먹고 자라는 조선낫은
그래서 강하지요.
햇빛도 쨍 하고 부딪히면 금이 가지요.
그런 조선낫 한 자루 내게 있다면
당장 나의 거짓 양심과

거짓 노래부터 베어버리고 싶어요.
하지만 진짜 조선낫이 어디 그리 흔한가요.
지금 어느 빈집 시렁 위에 걸린 채로 빨갛게 녹슬고 있는지도
그 누가 알겠어요. 차마 누가 믿겠어요.
그 조선낫으로 무의 시퍼런 슬픔도 깎아먹던
즐거운 시절이 우리에게도 하냥 있었다는 것을.

개망초

이 고개 저 고개
개망초 꽃 피었대
밥풀같이 방울방울 피었대
낮이나 밤이나 무섭지도 않은지
지지배들 얼굴마냥 아무렇게나 피었대
아무렇게나 살드래 누가 데려가주지 않아도
왜정 때 큰 고모 밥풀 주워먹다 들키었다는
그 눈망울 얼크러지듯 그냥 그렇게 피었대

파도리*

한칼에
슬픔을 벨 수 없다면
별수 없는 일. 이렇게 온종일 죽치고 앉아서
치는 파도나 구경하는 수밖에
파도리엔 세상의 이쪽과
세상의 저쪽이 서로 사이좋게 맞닿아 있다.
갈매기는 끝끝내 먼바다로 나가지 못하고
뭍 가까운 곳에서 온 힘으로 발돋움하며
길길이 제 가슴을 때리듯 울어대지만
굴 따는 아주매는 아예 파도 소리마저 삼켰는지
파도가 파도리를 덮치는 줄도 까마득히 모른다.

* 파도가 많이 친다고 해서 붙은 서해의 작은 마을 이름.

얼음 공주

얼음 속에
그 공주 누워 있다.
아름다운 문양 팔에 새기고
전설 속의 새처럼
죽어서도 승천을 꿈꾸었을까.
2천 년 전의 햇빛과 바람과 풀내음이
아직도 그대로 남아 있는
그녀의 몸 구석구석을 지나온
2천 년 후의 잠 못 드는 누군가의
노래 하나가 채 끝나기도 전에
금세라도 두 팔 벌려 기지개 켜고 일어날 듯
얼어붙은 두 볼에 상기도 파란 숨결이
오히려 봄꽃보다 수줍게 아롱져 피어 있다.

무창포

무지한 울음으로도 막을 수 없는
거대한 입추(立錘)를 보여달라.
길은 거기서 시작되고 거기서 끝난다.
길 위로가 아니라 길 속으로 간다는 느낌,
비인에서 눈물처럼 몇 개의 낚시를 사고
가게 주인은 아직 때가 아니라고 말하지만
부득불, 무창포는 저 혼자 타고 있는
빈 들의 불과 같이 해방이다.
겁도 없이 쳐들어오는 바다 위에
파도 꽃으로 높이 서서 낚시를 던져놓고
무엇을 낚는다는 심사도 없이
우리가 미처 걸려들기 위해
물속으로 섬이 되어 기우뚱 내려간다.
우리를 고이 받아 잠재우는
우리보다 더 시퍼런 멍울의 무창포.
봄보다 늦게 온다는 겨울은 결코 역설이 아니다.
저녁 해를 삼킨 채 하혈하는
소라고둥, 하나의 모래알에도 집을 짓는다.

무창포

사랑을 잃은 자는
사랑을 얻기 위해
무창포에 간다.

혀를 빼물은 개 한 마리 지나간다.

그 술집

그 술집
이름도 없네.
이름 붙이기조차 힘에 겨운
늙은 할매 혼자 술을 판다네.
가난도 크나큰 복으로 알고 살아야 할 사람들에게는
애시당초 슬픔이란 것도 가끔 꺼내어 보는
어릴 적 흑백사진처럼 정겹게만 느껴지는 걸까.
그 할매가 조는 듯 마는 듯 새벽까지 술을 파는
동네 어귀, 세상의 가장 어두운 삶의 모퉁이에서
길 잃은 고양이처럼 밤거리를 헤매다
스스로 지쳐 찾아드는 외로운 이들을
반갑게 기다려 따스한 불빛으로 맞아준다네.
이때쯤 할매의 눈도 어둠보다 깊어진다네.
모든 크고 작은 고통과 시퍼런 분노까지도
품안에 다독여 마침내 빈 술잔 속에 녹여버리네.
귀여운 개, 누렁이가 그 할매와 함께 산다네.
세미라는 슬픈 이름을 가진 그 개가
술에 찌든 탁자 밑 조용히 웅숭그리고 앉아 있네.
할매는 고향이 광주라 하네.
광주 하면 그 무서운 1980년 봄이 생각나기도 하지만
처녀적 소월 시를 연애편지에 적어 보낸 이야기며
진달래꽃 피기 전의 나물 뜯던 사연을
아무렇지도 않게 손자 녀석에게 말하듯 얘기해주네.
산유화(山有花) 시를 너무 좋아해 지금도 외운다는 할

매의 눈가엔
잊혀 지낸 고향의 따사로운 햇볕과 맑은 시냇물이 반짝이며 흐르네.
누군가가 갑자기 장닭처럼 지저귀듯 외쳤네.
〈브스트레침샤 뽀드 스탈롬〉
러시아말로 취할 때까지 마시자는 뜻이라는데
러시아말을 모르는 우리는 큰 소리로 웃음으로써 화답하네.
천엽을 시켜놓고 옆자리에서 혼자 술을 마시는
실연당한 여자는 갑자기 눈물을 흐느끼며
밤늦게 헤어진 애인에게 전화를 걸고
그 건너 자리의 열렬한 젊은 음악도들은
며칠 전에 자살한 김광석을 추모하느라 소란하네.
한때 문학을 지망했던 교사도 있고
이제는 백수가 되어 취직을 걱정하는
젊은 사내의 쇳소리 같은 기침 소리도 이 술집 안에 있네.
우리나라의 겨울 달은 모조 상아(模造象牙)처럼 차가운데
할매가 가져다주는 콩나물국은
그냥 설렁설렁 끓인 것 같아도
말 못할 한스러운 정이 담뿍 배어 있네.

3부

라일락 나무를 위하여

오늘 아침 나는 라일락 나무의 몸에 가만히 손을 대어 보았다. 마치 아픈 애인의 마른 이마를 조용히 어루만지기라도 하듯이, 심장은 뛰고 땀이 솟았다. 나의 가는 손가락에 감전되는 열. 나는 놀랐다. 저 땅속 깊은 뿌리로부터 끌어올린 따뜻한 온기. 겨우내 라일락 나무는 그 외로운 일에 홀로 열심이었구나. 두꺼운 껍질 속에 어둠을 걸러 빛의 노래를 흐르게 하다니. 스스로 자신의 노래를 만들어 우물처럼 몸속 마디마디에 저장할 줄을 안 라일락 나무여. 그리하여 4월과 5월 사이 이 세상에서 가장 눈부신 향기를 우리에게 나누어주는가. 늙어갈수록 아름다운 수도승처럼 그렇게.

나무의 피

이제 봄이 온다.
나무는 아이처럼 가지를 벌려 기지개를 켠다.
둥근 대지로부터 새로운 피의 수혈을 받는다.
나무는 머리끝까지 상쾌해진다.
머리를 한번 종처럼 흔들어본다.
그러자 어디선가 바람이 불어온다.
깊은 산속 절의 쇠 종이 울리듯이 고요하게
작은 마을의 교회 종이 울리듯이 분주하게
나무는 하늘 아래서 거룩해진다.
성자의 눈처럼 신비로운 푸른 싹이 여기저기 가지 끝에서
팝콘처럼 터진다.
그것은 오래 기다려온 대지의 잔치다.
냇물도 얼음을 밀치고 소리 내어 흐른다.
얼음 위에 쓴 시들이 떠내려간다.
겨우내 도시의 변두리 셋방에서
이름도 없는 시인이 끄적거리던 시가
기다렸다는 듯이 노래가 되어 산과 들을 어루만지며
하찮은 풀꽃 하나도 그냥 스치지 않고
빛의 향기를 후— 불어넣어준다.
생명 있는 것들은 일제히 솟아오르며 소리쳐 날뛴다.
생명 없는 것들도 세상의 한 귀퉁이를 차지한다.
병든 개가 길 옆에 눈 똥 무더기에도
생명의 기운이 아지랑이처럼 피어오른다.

나무는 신부처럼 수줍은 채 하늘을 우러러 높아진다.
하늘에 있는 달의 우물과 해의 우물이 번갈아가며
도시의 먼지로 더러워진 나무의 머리를 감겨준다.
햇빛은 하루가 다르게 마을들을 감싸고
나무의 피는 점점 뜨거워져 여기저기 가지 끝에서
푸르디푸른 불잎을 작은 엽서처럼 마구 토해낸다.

죽은 누이를 위하여

성에 눈뜬 누이는 밤이 와도 뒤안의 댓잎처럼 잠을 이루지 못했다.
바람은 이미 오래전에 큰 전설을 데리고 갔다.
의붓자식처럼 버림받은 누이는
돌에 새겨진 해와 달의 손금
가서 보고 또 보고
가슴이 꽃물결처럼 일렁이는 걸
간신히 손톱 끝으로 눌러 끈다.
생피 나는 누이, 더 잠 이루지 못한다.
몸이 열 개라도 어둠을 다 덮지 못하는 것처럼
누이의 목이 날로 파 대궁처럼 가늘어진다. 파래진다.
여름 나무 그늘에 누이의 틉틉한 눈썹이 떠다닌다.
누이가 한지(韓紙)에 박힌 엷은 무늬를 긴 손가락으로 끄집어낸다.
무늬가 우는 건 처음 본다.
슬픔도 더러 타고나는 것일까.
길을 따라가면 마을이 나타나고
구름을 따라가면 누이가 쓰다 만 편지.
누이의 붉은 댕기만이 하늘에 걸려 있다.
저건 울음인가, 귀신의 제사인가.
누이는 성에 눈뜨면서 자꾸만 거울을 들여다보고
거울 속의 누이는 점점 말을 잃어
두꺼비떼가 밤마다 몰려와 누이를 희롱한다.
누이가 죽은 건 무덤을 어머니 자궁 속으로 알고 나서다.

우리나라 지천의 무덤들은 누이의 슬픈 성을 닮아 있다.

겨울 숲에서

손금을 보여주는, 나무들도, 불안한 것이다.
그물을 치듯 하늘에 펼쳐놓은 앙상한 나뭇가지들
새들은 어디로 숨어야 하는지
겨울 숲은 대책이 없다.
새들은 대체 어디로 숨은 것일까.
부러진 검은 나뭇가지들이 여기저기 널려 있다.
낙엽이 눈보다 더 깊게 쌓여 있다.
사악한 뱀들은 미리 땅속에 집을 지었으리라
날개 있는 새들은, 맨몸인 나무들은
제 몸이 집임을 보여주기 위해
따로 집을 갖지 않은 것일까.
눈비를 맞으며 눈비가 집임을
아, 겨울 숲은 그래서 무덤보다 깊어지는 골짜기를
저렇듯 칼날처럼 가슴에 품고 있는 것일까.
버린다는 것과 비운다는 것의 차이란
겨울 숲에선 부질없는 짓이 되고 만다.
죽고 싶도록 사랑한 단 한 사람이
아직도 그리운 이름으로 남아 있다면
내 고달픈 손금도 즐거이 보여주리라.
이제 쪼그려 앉아 피우던 마지막 담배도
저 겨울 숲에 회한처럼 던지고
사람들이 사는 마을로 다시 돌아가야 될 시간,
어디서 굴러왔는지 발등 위에 떨어진 낯선 솔방울 하나
더는 떨어질 곳이 없어 겨울 숲을 팔 없이 껴안으려 한다.

산불

ㄱ

내가 아주 어려서
나이도 잘 기억나지 않는 어느 겨울에
무서운 산불을 보았다.

그때는 겨울이 가고 봄이 오는 중이었다.

지게가 사람과 함께 살던 때였다.
나와 아직 이마가 퍼런 형은
지게를 지고 나무하러 산에 갔다.
산에는 조상처럼 나무가 많이 자라고 있었으므로

그런데 지게를 지기에는
내 키가 너무 작았다는 것이다.
그러한 나는 다리가 아프다고 엄살을 부렸다.
그러면 착한 형은 지게 위에 날 꽃덤불처럼 태우고
그 험한 산길도 힘 하나 안 들이고 올라갔다.

아마도 형은 그때 힘이 무척 셌고
세상이 무섭지 않은 나이였을 것이다.
꽤 꾸불꾸불한 산길은 족보처럼 끝 간 데 없이 이어졌는데
조상의 음덕을 입어서인지 제법 콧노래도 부르며
산속으로 산속으로 형은 즐겁게 보일 듯 말 듯 가고 있

었다.

ㄴ

나는 그땐 잘 몰랐지만 옛날이야기 속에 나오는
거북이 등에 업혀 용궁을 찾아가는
한 마리 귀가 쫑긋한 토끼였을 것이다.
나의 서러운 설화는 그로부터 생겨났다.

ㄷ

응달진 산등성이마다 아직 녹지 않은 흰 눈이 쌓여 있었다.
그것은 가난한 사람들의 한이라고 형이 말했다.
나는 그때 그 말이 무얼 뜻하는지 알 수 없었지만
그 위에 찍혀 있는 산짐승들의 희미한 발자국을 발견하고는 조그맣게 소리 내어 운 적이 있다.
봄이 오고 눈이 다 녹을 때까지
그 발자국들은 지워지지 않고 저 혼자 외롭게 추위를 견뎌내야 하므로

그때는 정말 겨울이 가고 봄이 오는 중이었다.

ㄹ

나는 그때 하늘을 찌를 듯한 무시무시한 산불이 아랫녘에서부터 쳐들어오는 걸 보았다.

시퍼런 생나무들도 그대로 통째로 쓰러졌다.
푸른 비명만이 소리 없는 메아리로 귓속까지 쟁쟁 울려왔다.
나와 형은 너무 무서워 곧장 마을로 도망쳐 내려왔다.
나무도 지게도 낫도 다 산속에 팽개치고
미처 부르지 못한 노래도 깊은 골짜기에 그냥 남겨둔 채로
그뒤 지게는 까맣게 타 재가 되고
낫은 녹슬고
두고 온 노래만이 꿈속에서도 불길처럼 날 에워싸고 뜨겁게 타오를 뿐.

ㅁ

누가 그때 그토록 아름답고 황홀한 산불을 다 껐는가
이젠 기억에도 없다.

1년

앓아누운 병든 짐승의 세월이었네
가까스로 소리쳐보지만 언제나 메아리는
하늘의 저편에 가닿아 별빛이 되어 얼어붙었네.
돌아올 수 없는 사람들은 애초에 떠나지 말아야 했음을
떠난 사람들은 이제 아주 돌아오지 못함을
새들은 밤낮 마음의 빈 근처에 와서 쩡쩡 울어주었네.
문을 닫고 문고리도 안으로 걸어 잠그고
살아 있다는 슬픔만으로 살생(殺生)을 꿈꾼 날들이었네.
모두가 내 아픈 상처가 되어주지는 못했네.
나 또한 모두의 기쁨이 되어주지는 못했네.
그 언제였던가 내 겨드랑이에서 차고 시린 물방울이 떨어졌던 때가
단 한 사람의 사랑을 애타게 그리워하며
밤거리를 길 잃은 바람처럼 헤매었네.
그 길 위에서 길과 함께 잠들기도 했었네.
꽃은 소리 없이 피고 소리 없이 진다네.
우리의 삶도 봄 갈 없이 나날이 지속된다네
아, 그러고 보니 나의 1년은 별의 생일처럼 축복이었네.

강천사

이 세상의 슬픔이 많으면
얼마나 하랴.
강천사 비구니만 하랴.
가을이 오기 전, 마음이 먼저 가
산나리꽃 하나 피워둘까.
하찮은 길도 또아리를 틀며
타는 듯 앵겨서, 저기 저 골짝
나 어린 비구니의 머루알 같은 눈물도
가벼이 무등 태우고 찰찰찰(刹刹刹) 푸르기만 하니.

앙서점

헌책방의 주인인 두 늙은 내외는
더이상 늙을 수 없을 만큼 늙어 있었다.
좀이 슨 얼굴에다
만지면 금방 먼지로 앉을 것 같은
흰 머리카락이 아슬하게 박혀 있다.
중자가 떨어져나간 간판엔
앙서점이라고 쓰여 있다.
나는 그 늙은 주인 내외에게
단 한 번만이라도 세상의 중심에
서본 적이 있었느냐고 묻고 싶었다.
중자가 없는데도 크게 개의치 않는다.
새로 중자를 달려고도 하지 않는다.
헌책처럼 그들의 생도 저물 대로 저문 것일까.
팔아야 할 책이 두 권만 넘어도
아직도 알이 굵은 주판을 튕겨야 하는
그 늙은 두 내외에게
삶이란 결국 거추장스러운 옷만큼의 의미만도 못한 것이었을까.
헌책방의 헌책들은 제 몸을 갉아먹으며 견딘다.
헌책이 더욱 헌책이 될 때까지 결코 싸움을 멈추지 않는다.
어느새 두 늙은 내외마저
헌책을 닮아 있다.
헌책의 냄새가 두 내외의 손바닥에서도 묻어난다.

그건 죽음의 냄새가 아니라 오랜 역사의 혈흔과도 같다.

아버지 없는 봄

이제 만 일곱 살이 된 보경이는
생애 처음 아버지 없는 봄을 맞았다.
그 애의 아버지는 지난가을
스물아홉이란 젊은 나이로 죽었다.
그 애의 아버지는 몸이 다부졌던 전라도 사내였고
누구보다 정직한 육체노동자였다.
그가 간암으로 한 달 만에 세상을 떠났다.
자신의 병이 돌이킬 수 없을 만큼 깊어진 걸
그는 죽는 순간까지도 알지 못했다.
아니 알려고도 하지 않았다.
그보다 한 살 아래인 아내와
어린 두 딸만을 이 세상에 남겨놓은 채
그는 한 줌 뼈가 되어 어머니 무덤가에 뿌려졌다.
마지막까지 검붉은 피를 토하며 죽어간 그 전라도 사내.
오늘도 그가 지은 아파트는 봄 햇빛 속에 우뚝 솟아 있고
그 아내는 오로지 살아남기 위해
단칸 셋방 문을 아침 일찍 어질어질 나선다.
봉제 공장에 뜯겨진 생활을 깁기 위해 간다.

불태운 시집

그 시집은 불태워져야 마땅하다.
오적(烏賊)을 화형시켜야 하듯이
나는 망나니처럼 입에 거품을 물고
칼춤을 추고
너는 황금 사자 작두 메고
천산(天山)을 헤매라.
어디에도
나의 노래는 없고
화엄(華嚴)의 불만 있다.
화엄 속에 타는
오만잡시집(五萬雜詩集).

학살

학살이 있었다.
총칼로 공화국을 세운 독사의 무리가
다시 한번 이브를 유혹했다.
아, 야, 야, 야, 야, 야, 야, 야, 야, 야
절규하는 입속의 붉은 모가지들.
댕강댕강 꽃잎처럼 땅바닥에 나뒹굴었다.
그리고 총칼은 하늘 아래 보란 듯이 썩고
그 위에 새로 돋은 아름다운 빛살, 광주.

외딴방

내가 사는 방은
처음이자 맨 끝방.
아이들의 그림 속에서만 자라는 방.
검은 곰팡이. 검은 노래. 검은 해.
벌레들이 소풍 갔다 비를 만나
영영 돌아오지 못하는 방.
칼로 가슴을 긋는 방.
그녀는 백수광부(白首狂夫)의 처(妻)
왜 나를 따라와 외딴방에
갇혀 있나요. 그녀가 볼 수 있는 건
사방의 벽뿐.
벽은 언제부터 벽이었을까.
어머니는 세상에 먼저 벽을 낳고
그 안에 다시 이무기처럼 날 낳았지만
나는 벽 속에도 방을 꿈꾸다 죽은
어떤 외로운 시인(詩人)의 눈물새.
그 새들이 귀향처럼 쫓겨와, 외딴방에다
살림을 차리고. 퍼런 멍들은 저희들끼리
아비규환, 하늘에 둥둥 떠다닙니다.

어느 날의 바다는 내게 이렇다

바닷가 모래사장에서
집을 나온 아이가 공을 찬다.
공은 갈매기처럼 하늘로
치솟았다 모래 속에 얼굴을 처박고 떨어진다.
불량소년들이 그 아이의 공을 뺏으러 떼로 몰려온다.
아이는 그래도 계속 공을 찬다.
아이의 집은 도회지.
바다와 멀어 아이의 부모는 걱정을 한다.
부모는 아이 걱정에 잠도 못 이룬다.
그런데도 바다는 크고 넓고 아름답다.
아이는 결사적으로 공을 뺏기지 않기 위해
바다 멀리 공을 날려버린다.
공이 수천 마리의 갈매기떼가 되어 바다를 뒤덮는다.
이제 아이는 무사히 집으로 돌아갈 것이다.
바다는 아무렴 여전히 잘살고 있다.

서해훼리호

기도를 하자
오늘 아침 여객선이 침몰했다.
그 시간 나는 세상 모르고 늦잠을 자고 있었다.
너무도 평온한 일요일 아침 끔찍한 사고는
뉴스 속보를 타고 전국으로 파발마처럼 달려간다.
금세 엄청난 재난의 소식은
사람들의 눈에 번개처럼 가 박힌다.
아이스박스나 널빤지에 매달려
기적적으로 구출된 사람들은
동물처럼 화면 속에서 울부짖는다.
그 참혹했던 순간을 증언이라도 하듯이
그러나 영영 물속에 갇힌 사람들은
선장과 함께 말이 없다.
책임 소재를 묻는 신문과 방송은
연일 앵무새처럼 떠들어대고
정부의 보상 대책이 발표되고
그러나 죽은 사람은 산 사람을 위해
아무 말이 없다. 바다는 다시
어린아이처럼 잠잠하고
우리는 서해를 향하여
단지 고개를 숙이고
기도를 할 뿐이다.
우리 모두 기도를 하자.

4부

이쁜 풀

풀이 이쁘다,
귀여운 풀.
가을이면 말라비틀어져 누렇게 죽는 풀.
산에서 들에서 아무도 보지 않는
모든 곳에서 모든 이름을 대신해서
기꺼이 용서하며 제자리를 기쁘게
비워주는 강철보다 강한 풀.
가을이 가기 전에 온전히 죽는 풀.
풀은 바람이 불어도 다시 일어나지 않는다.

아름다운 손

둘째 형은
도장공.
아름다운 이름을 가졌다.
이 세상에서 가질 수 있는
한 평이 될까 말까 한 도장방.
형은 전구 알처럼 웅크리고 앉아
밤낮으로 애써 도장을 판다.
가난이 죄가 아닌 사람들의 이름을
무딘 칼도 어머니 정성으로 갈아
좁은 나무의 공간에 별빛으로 판다.
힘줄이 슬픔처럼 새파랗게 돋은
연약한 그렇지만 바위보다 강한
상처투성이 거친 손으로
어둠에도 바람에도 흔들리지 않을
웅덩이처럼 깊게, 또렷이
사람들의 거룩한 이름을
온몸을 기울여 시인이 시를 쓰듯
손가락보다 작은 나무에 날마다 눈물로 아로새긴다.

큰 나무 밑에서

큰 나무 밑은 그늘도 크고 깊다.
사람들이 자주 찾아와 큰 나무의 나이를 읽고 간다.
큰 나무는 지금까지 한 번도 나이를 알려준 적 없건만
그런데도 사람들은 큰 나무의 나이가 몇백 살은 족히 될 거라고
큰 나무 밑에서 비밀스럽게 이야기한다.
큰 나무는 그런 것이 아무렇지도 않다.
큰 나무는 언제나 흐트러짐이 없다.
큰 바위나 큰 바다라고 불러도 좋다.
사람들은 큰 나무니까 그렇겠거니
그냥 대수롭지 않게 생각하지만
큰 나무는 정말 큰 바람에도
큰 눈에도 끄떡 안 하고 사시사철 큰 나무다.
그러니까 사람으로 말하면 큰 나무는
말없이 거룩한 성자와 같다.
하찮은 것이라도 절대 큰 나무 밖으로 밀어내는 법이 없다.
가난한 새에게도 쉴 자리를 내주고
가끔 나에게는 큰 나무의 큰 눈물을 보여주기도 한다.

별빛

갈 수 없는 나라
오지 않는 애인
부치지 못한 편지
빗물에 쓸려간 새 무덤
지금도 누군가 만들고 있을 나무 십자가
물에 빠져 죽은 아이
나뭇잎 하나 스치지 못하는 바람
울고 있는 꽃과 나무
쓰다 만 슬픈 시
죽고 싶은 밤
살고 싶은 아침
요절한 가수의 노래
너무 많이 오는 비
자살한 시인의 유고 시집
아직 태어나지 않은 아기
운동장에서 주운 해골
하얀 긴 손가락
아무도 없는 첫눈
문득 문 앞에 11월
장밋빛 인생이란 이름의 술집
다시 돌아온 연애편지
벽에 붙은 흑백사진
떨어지지 않는 눈물
겨울의 이사

태워 죽인 바퀴벌레
바다에서 사는 섬
바닥에서 사는 불가사리
처음 타본 기차
봄날 아침의 늙은 거지
상상보다 빛나던 단풍나무
엽총에 맞은 비둘기가 신음하는
늦가을의 은행나무 숲
엿장수의 둔탁한 가위질 소리
연탄불이 꺼진 방
술에 절은 아버지의 붉은 수염
할머니의 어린 날
아우의 큰 손
형의 가출
세월보다 먼저 늙은 어머니
고향에 버려진 나
무엇도 안 되는 별빛

외국인 묘지공원

외국인
묘지공원에
나 혼자서 간 적 있다.
악어의 등처럼 검푸른 한강이 옆에 흐르고
언덕엔 세월이 주름을 그은 나무들이 덜덜 떨며 서 있었다.
성당엔 가마솥만한 커다란 쇠 종을 달아놓았다.
누구든 와서 한번 시퍼런 이마로 부딪쳐볼 테면 부딪쳐보라고.
나, 이마를 칼날 세워 부딪쳐보고 싶었지만
땅에 너무 깊이 발을 내리고 있어
하늘의 종까지는 너무 멀었다.
슬픔을 이기지 못한 측백나무들만이
제 나라의 모국어로 쓰여진 비문(碑文)들을
불꽃처럼 따뜻하게 감싸주고 있었다. 하지만 나, 그곳
외국인 묘지공원에 가서 보았다.
삶의 명세서같이 어두워오는 저녁 무렵, 허공에서
아직 닻을 내리지 못한 채 희끗희끗 떠도는 가엾은 눈발의 무리를
그때 한강이 저만치서 어디론가 바삐 흘러가고 있었다.

가문을 위하여

가문은 울창한 폐허다.
가문은 폐허를 위해
하염없는 세월을
능욕으로 견뎠다.
능욕이 스친 자리
수치처럼, 내가
더러움으로
꽃피어
만발하다.

가문을 위하여

할애비는 고박머리 머슴이었다고 하고
아버지는 전대를 찬 소장수였다고
어머니는 전한다.
어머니는 나의 밥
어머니를 먹고
어머니를 누고
일곱 손가락
마디마다
훈장처럼
고루 굵었다.

가문을 위하여

어느 날 조상의 무덤을 파헤쳐보았다.
관(棺)도 옷도 화(化)했다.
뼈도 살도 화했다.
검은 부스러기
흙 한 줌.
무엇으로도
화하지 못한 채
검(劍)처럼 혼자 울고 있었다.

가문을 위하여

200자 원고지 한 칸 한 칸이
모두 생지옥이듯이
나의 가문은
나의 감옥.
가문은 또한
진창을 더 좋아하는
습성이 있으므로
이(蟲) 새끼라도
족히 우상한다.
미치광이여.
마침내
가문을 위한다면
먼저 자기부터 처형해라.

절(寺)에서

절에 모기가 극성이다.
불상에도 모기들이 앉는다.
피를 빨아먹기 위해 모기들은 성(聖)과 속(俗)을 가리지 않는다.
나는 아무에게도 편지하지 않는다.
나도 한 마리 모기라고 생각하면 마음이 편타.
나는 아버지의 피부터 선조들의 피까지 빨아먹으며
절에 와서 불경은 안 외고 먼산만 바라보고 있으니
편지를 쓴들 무어라고 쓸 것인가.
나는 아랫마을에 가서 빈 초등학교 운동장이나 보고 오고
1970년대식 주막에 들러 막걸리나 마시며
절 밑의 웅덩이에 가선 낚시질을 한다.
황금빛 금붕어의 비늘을 하나하나 떼어
나의 빛나는 어의(御衣)를 만들려고 한다.
진흙 속의 연꽃은 아예 신경도 안 쓴다.
풍경도 제 마음대로인데
중은 소정(小亭)의 그림같이 휘적휘적 밤에 왔다 가고
새벽엔 얼굴만 희뜩 내비친다.
녹음기(錄音器)가 알아서 대신 염불을 해준다.
나는 영 심심하면 불상 앞에서 합장처럼 수음을 하고
편지는 끝까지 하지 않는다.
그래도 어머니와 누이는 복숭아와 수박을 광주리 가득 머리에 이고

그 험한 산길도 마다 않고 땀 뻘뻘 흘리며 기어오른다.

나무를 때리는 사람

누가 어둠 속에서 투닥투닥 나무를 때리고 있다.
그는 전주식당의 주인 박씨, 나는 깜짝 놀란다.
웬 밤중에 나무에게 매질이라니.
그 나무는 오랜 역사를 자랑하는 은행나무,
노란 은행을 주렁주렁 메달처럼 달고 있는
이 도시를 나처럼 힘겹게 견디고 있는 가로수.
지독한 매연과 형벌 같은 소음에도
아름답게 물들 줄 안 노오란 이파리들. 그 속에
알알이 열매 맺은 은행까지
은행나무는 여태 용케도 잘 참고 살아왔구나.
그런데 웬 아닌 밤중에 매질이라니.
그 은행 따서 연탄불에 구워 먹으면
혈액순환이 잘돼 혈색도 좋아진다고
장대높이뛰기 선수처럼 은행나무 밑에서
그 박씨 아저씨 밤새 끙끙댄다.
산다는 게 타산(打算)이 안 맞아
일하는 아줌마도 두지 못한다는 전주식당.
낮에는 마누라 등쌀에
50이 넘은 그가 쟁반을 들고 배달을 나가지만
그 은행 구워 먹어서인지 혈색만은 젊은 사람 뺨친다.

수탉

수탉은 타오르는 노래를 붉은 벼슬에 가둔다.
수탉은 우리 마을에서 가장 노랠 잘 부르는 노래꾼
마을에서 제일 높이 매단 횃대는
온전히 수탉의 차지다.
수탉은 지붕을 횃대로 착각한다.
지붕 위에서 마을을 내려다본다.
마을은 오늘도 안녕한가. 깃발은 내려졌는가.
수탉이 짖는다. 목을 뱀처럼 길게 빼고 노래를 짖는다.
수탉이 마을의 선지자(先知者)가 된 이래로
사람들은 부지런해졌고 눈빛은 무쇠처럼 강해졌다.
수탉은 알을 낳지 않는 대신 노래를 낳는다.
노래가 마을을 지배한다.
교회 종소리보다 소방차의 사이렌 소리보다
더 은은하고 더 길게 울려퍼진다.
수탉은 인디언의 족장보다도 예지(豫知)가 빛난다.
새벽이 오기 전 수탉은 날개를 퍼득여 목소리를 가다듬는다.
수탉의 날카로운 부리는 권위의 상징.
전쟁에도 한번 훼손된 적이 없다.
몸이 허약한 나는 그 수탉의 벼슬을 구워 먹고
비로소 세상의 밤이 무섭지 않았다.
수탉 한 마리가 천 개의 새벽을 오게 하고
수탉의 벼슬은 그래서 날마다 뜨거운 노래로 붉은빛을 더한다.

노인

주름의 집이 기우뚱 하수구 위로 기운다.
금방 쓰러져 캄캄한 하수구 맨홀 속으로
빨려들 것처럼 구부린다.
아주 주저앉는다.
집이, 오랜 세월을 견뎌온 주름의 집이.

그러고는
차창에 스치는 붉은 꽃을 마구 토해낸다.
환한 대낮, 수많은 주름이 집을 의지한 채
길가에 비틀비틀 부지런히 방향을 찾고 있다.

계단을 고치는 사람

이른 아침 두 노인이 계단을 고치러 왔다.
이 집이 버텨온 세월만큼이나 계단 또한 그 노인처럼 늙었다.
모래와 시멘트와 물의 적당한 비율과 어떠한 체중에도 견딜 수 있는
단단한 돌들을 골라 계단 깊숙이 박아넣었음에도
너무 오랜 시간 지상의 무게를 견디느라
계단의 피부가 벗겨지고 마침내 바닥은 움푹 패어 비가 오면 그대로 눈물이 되어 고였다.
흉터처럼 지나온 발길에 가장 고통스러웠을 계단의 모서리는
어느 바닷가 뒷골목 이제는 팔리지 않는 늙은 창녀의 손톱처럼 문드러져 보기 흉했다.
삶을 다 살아버린 듯한 표정의 노인 둘이 뒷호주머니에
낡은 목수건을 찌른 채 부지런히 삽과 괭이를 움직인다.
우리 앞으로 금방이라도 무너져내릴 것 같은 계단을 고치는 것이다. 마치
그 계단이 다 고쳐지기라도 하면 제일 먼저 자신들이 그 계단을 밟고
지금보다 더 나은 지상으로 올라갈 수 있다는 듯이 땀을 힘껏 밀어내며
담배 한 대 태우지 않고 그렇게 열심인 것은 정말 기적에 가깝다.

문학동네포에지 036

불태운 시집

1판 1쇄 발행 1996년 9월 10일
2판 1쇄 발행 2021년 12월 15일

지은이—유강희
책임편집—유성원
편집—김민정 김필균 김동휘 송원경
표지 디자인—이기준 신선아
본문 디자인—유현아
마케팅—정민호 김도윤
홍보—김희숙 함유지 이소정 이미희
제작—강신은 김동욱 임현식
제작처—영신사

펴낸곳—(주)문학동네
펴낸이—염현숙
출판등록—1993년 10월 22일 제406-2003-000045호
주소—10881 경기도 파주시 회동길 210
전자우편—editor@munhak.com
대표전화—031-955-8888 / 팩스—031-955-8855
문의전화—031-955-3576(마케팅), 031-955-8865(편집)
문학동네카페—cafe.naver.com/mhdn
트위터—@munhakdongne
북클럽문학동네—bookclubmunhak.com

ISBN 978-89-546-8395-1 03810

www.munhak.com

문학동네

희귀종 눈물귀신버섯

한연희 시집

문학동네시인선 199 한연희

희귀종 눈물귀신버섯

시인의 말

귀 둘로는 모자라
커다란 귀 하나를 들여왔습니다. 잘 돌보려고요.

2023년 한여름
한연희

여자를 닮은 이름 모를 야생 버섯들은
홀로 나거나 무리 지어 난다.
대개 순하지만 독이 든 경우가 더 많다.
함부로 취해서는 안 된다.

차례

2부 인간이었다가 영혼이었다가 깜빡깜빡
하는

3부 그렇담 넌 요괴로구나

1부

공포의 맛을 꿀꺽 삼켜버렸지

손고사리의 손

어디서부터 이야기를 해야 할까

끝이 난 시점
거기엔
경계선이 있고
넘어서기에 딱 좋고

축축해진 손을 흙에 묻었더니
금세 와글와글한 이야기가 자라났다

이쪽과 저쪽을 가로지르며
종횡무진 누비는 미토콘드리아

끝이었지만
끝나지 않을
내 안의 숲처럼

무성하게 고사리가 올라왔다

손……님……
서두를 부탁드려요

주렁주렁 열린 손을 뽑는다

이 이야기가
부디
아무나 꽉 잡아주기를

딸기해방전선*

딸기가 점점 썩어버렸다
그런 당연한 일들이 벌어지곤
제자리에 주저앉았다

맨 처음 딸기를 수북하게 담은 날이 떠올랐다

누구의 집이었지
재미없는 삶이었지
아니 달콤한 말이었지
생경한 거실 한복판에서 멍이 든 손목을 내려다봤다

찬장에 이가 나간 그릇이 쌓여갔다 냄비는 손잡이를 잃고 칼은 무뎌졌다 책이 글자를 지우거나 다 타버린 초가 바닥에 들러붙어 떨어지지 않았다 먼지와 털이 구르는 동안 초침은 타닥타닥 제자리만 걸었다 저기 방문을 걸어 잠그고 나오지 않는 이가 누구인지 잊어버렸다

딸기를 짓이겼다
손가락이 부풀었다

일상은 썩어가는 과정을 반복하는 거구나
당연한 걸 늘 까먹고 말아서 이렇게 쉽게 멍들어버리는 거구나

방문 손잡이가 덜그럭덜그럭 돌아갔다
아무도 들어오지 않았다

손가락을 데었다
전혀 아프지 않았다

딸기 아래엔 구더기가 있고 구더기 아래엔 이야기가 있을 것이고 그것은 물컹거리며 달콤해지다가 사라질 수도 있다
침묵과 침묵 사이에서 말 못한 사연은 끈적하게 상처에 달라붙었다

너무 간지러워 긁고 또 긁었다
이것을 부스럼이라 부를지 부질없음이라 부를지
인간 대신 다른 무언가가 되어야 한다면 딸기 같은 것도 좋지 않을지
끈질기게 들러붙어 남에게 깨알 같은 흔적을 남길 수 있으니

그러니까 지금 나는 새로운 딸기에 진입한 거구나

새하얗고 여린 열매로서
건넌방에 웅크린 짐승에게 다가갔다

이제야 알겠어
보듬보듬 이마를 매만지면
갓 따온 딸기 향이 죽을 만큼 방안에 채워진다는 것
사랑과 세균이 범벅된 채 몸은 없어지고 만다는 것

그리하여 이번 삶에선 증오를 내버려두기로 했다

* 로빈 월 키머러, 『향모를 땋으며』, 노승영 옮김, 에이도스, 2020.

비누의 탄생

리지는 실제 인물이다 영화로 만들어진 리지의 이야기는 서글프기만 했다 대신 네모반듯한 비누에게 리지의 이름을 붙여주었다 욕실 안에 놓인 리지는 글리세린과 코코베타인이 주성분이다 특별히 영혼 일 그램을 넣었다 그러자 변화무쌍한 리지가 탄생했다

리지는 브리짓이라는 하녀를 좋아했다 브리짓과 리지는 전혀 다른 영혼이었다 리지는 새어머니를 도끼로 내려쳤다 벌거벗은 채 그랬다 빨간 핏방울이 그녀의 목과 가슴을 적셨을 때 진정 한 인간이 되었다 비누는 리지를 닦는다 피의 이력을 지운다 리지의 성분이 비누를 비누답게 만든다

브리짓은 자신을 더럽힌 주인에게 도끼를 들었다 실패했다 벌거벗은 비누가 대신 죽이자 브리짓은 울기만 했다 리지는 침착하게 현장을 정리했다 도끼를 닦는 비누, 알리바이를 만드는 비누, 죄를 어루만지면 거품을 일으킨다 이것은 죄가 아니다 이것은 죄가 아니다

잿물과 산비둘기의 피로 이루어진 비누가 있다 글리세린과 코코베타인의 가족인 리지가 있다 그녀에게는 죄책감이 일 그램도 없다 비누는 재판에서 깨끗함을 인정받는다 브리짓을 떠난 리지는 홀로 살다가 생을 마감한다 불을 끄면 욕실에서 가끔 피비린내가 난다 리지를 손에 꾸욱 쥔다

공포조립

귤 스무 개를 온전히 까먹는 동안 낮은 음성이 들려와
알갱이를 꼭꼭 씹어보았지

귤껍질에서 어떤 무늬를 보았는데
껍질을 뜯어보니
늑대가 되었다가 인간이 되었다가
가루가 되어버렸지

침을 삼키면 공포감을 없애는 데 도움이 된다
눈을 감지 말고 정면으로 응시해야 한다
호기심 같은 건 꾹 눌러놔야 한다

영화의 한 장면에 빙의라도 된 것처럼 귤을 으깨고 또 으깼어

영혼의 즙이란 줄줄 새어나오는 거였어
한낮에도 이렇게 깜깜할 수 있는 거였어

서랍에서는 너무 많은 인기척이 느껴지고
그런데도 나는 무서움을 잘근잘근 씹어본다
혼자서도 할 수 있는 일을 해본다

아주 달짝지근한 잼을 만들거나

허옇게 질린 얼굴을 잘게 부수어 후추통에 섞거나
맞아 죽은 고양이를 인형 몸안에 묻어준다거나

귤의 맛을 느끼지 못하는 혓바닥을 떼어낸다
죽어서야 이름 불리는 고양이를 불러온다

내가 원하는 장면은
눈을 감았는데도 투명해서
온갖 죄를 낱낱이 훑을 수 있는 여기

갑자기 입안에 침이 고여들어
공포의 맛을 꿀꺽 삼켜버렸지

아무렇지 않게 칼을 든 놈은 밀랍 인형이 될 테고
어리고 여린 걸 짓밟은 놈은 바늘 귀신에 사로잡힐 테고
그렇게 영겁 속에서 영영 빠져나올 수 없을 테니

아직도 모르겠어?
거실에 가득 쌓아둔 게 사실 그런 놈들의 껍질이란 걸

시큼하고 혀끝이 아린 동시에
그 끝은 아주 마음에 쏙 든
조립식 엔딩

고딕 모자

참 쉽게 까먹는 사람이구나,
언니는

뭐든지 까먹을 수 있어서 발톱이 다쳐 깨진 것도, 머리에 혹이 난 것도, 모자를 지붕 위에 둔 것도 까먹고 까먹어 갓난아이도 까먹어버렸구나, 매일 그렇게 겨울을 까먹고, 귤을 까먹고, 영혼을 까먹은 것이구나, 우리 언니는

결국 자신이 누군지도 잊은 채
창을 열고 기어오른다
나만 두고서

지붕 끝까지 다다른 후에는 하염없이 울겠지
푹 젖어가며 주저앉고 말겠지
꼭 커다란 비둘기 같겠지
꼭 첨탑처럼 보이겠지

지나고 나면 별일 아닐 거야
으레 여름이면 오는 한때의 폭풍일 뿐이라고
언니에게 무심히 말한 건 나였다

그게 너무 미안해서
나도 모르게 창을 닫는다

지붕 위로 올라간 언니를 까먹고 만다
몇 해가 지나가도록 창 안쪽에 가만히 서서
옷걸이가 되어간다
언니를 막아선 게 자신인 줄도 모르고
그렇게 먼지를 뒤집어쓰고서
초록 모자와 물방울 원피스를 기다린다

그러다 문득
창밖에 떨어졌지, 중요한 약속 하나가 생각났듯이, 갑자기 툭 하고 뭔가 달라붙었지, 언니라는 그림자가, 언니라는 모자가, 언니라는 세계가, 언니라는 그리움이 창가에서 요란하게 나부꼈지

그렇구나, 언니는
한 번도 이 안쪽에 있지 않던
창밖에 선 사람
까먹을 것을 까먹고 기억해야만 할 것을 머리에 이고
지붕 위에 최초로 선 여자

모자는 모자를 포개도록 만들어졌다
언니도 언니를 포개도록 만들어졌고
지붕 위에 모여드는 모자들을 이끌고
툭툭 떨어져 내리는 거구나, 언니야

오래도록 닫혀 있던 창을 열고 벽을 타오른다
긴 발톱의 산짐승은 아마 두려울 것 없이
지붕 위에 마침내 도착하고 말겠지

거기엔 눈물이 솟구쳐 자라나 있을 테고

언니를 닮아 환하고 투명한
커다란 뿔 모양의
얼음 모자가
눈부시게 섰다

훤히
아래가 다
내려다보인다

미안해를 구성하는 요소

그녀는 종종 문지방을 닦다가
문고리에 걸어둔 미안함에 대해 골몰해본다

괜히 태어난 게 아닐까 하는 마음이
아무한테나 소리지르고 싶은 마음이
목울대까지 차올라 숨이 막힌다

아니야 아니야 아니야
무심히 장난감 오리를 밟으면
한숨이 터져나오듯 그것은 꽤액거린다

뜻밖에도
식탁 건너편에서
미안함이 그녀를 빤히 쳐다본다

그러니까 당신은 미안해하지 마세요

차린 것이 없는데도 밥을 떠서 먹는다
어떻게 밥 한 공기가 비워지는지
어떻게 방안 공기가 뜨거워지는지
모른 척 두기로 한다

점점 윤곽이 뚜렷해지는 미안함의 얼굴은

컵에 담긴 보리차를 후후 불어가며 마신다
하얗게 올라오는 김에 눈썹과 인중이 부드러워진다

문을 더는 닫아두지 마세요
미안함의 손길이 이끄는 대로 문을 활짝 연다

창문 너머 차갑고 상쾌한 바람이 불어와
무거운 실내를 환기한다

문 안쪽을 끝없이 침해하는
먼지를 뒤집어쓰고도
그녀는 집안을 맴도는 미안함의 요소를 헤아려보느라
오후 내내 바쁘다

부유하는 먼지들과 겨울 햇빛과 다정해지고픈 움직임 혹은 얼굴로 흘러내리는 잔머리와 세상의 모든 고양이 앞발처럼 둥글고 말랑한 촉감이, 그래그래 환히 웃으며 위로를 말하는 입술이, 서로 함께 흔드는 악수가, 눈밭을 구르고 싶은 충동이 동시에 발치에 쏟아져 내린다

그녀는 비로소 문고리에서 미안함을 빼내어 목에 걸어둔다

그녀와 한몸인 듯 이제야 딱 들어맞는다

정말 미안해

이제야 자신에게 좀 너그러워진다

씨, 자두, 나무토막 그리고 다시*

잃어버린 연필을 생각한다
뭉개진 자두를 떠올리고
불타오르는 나무토막을 목격한다
언니, 엄마, 이모 그리고 다시 딸을 생각한다
어제는 엄마가 검은 재킷을 입은 자에게서 도망쳤지
내가 사랑한 언니는 곤죽이 된 이후로 사랑을 더는 믿지 않아
이모는 그랬지 밤에 나다니다가는 수풀에서 발견되어도 이상하지 않을 거래
그런데 등을 곧게 세운 딸이 똑바르게 길을 걷기 시작했어
딸이 훌륭한 사람이란 뭐냐고 물어봐
여름에 죄지은 자가 겨울에는 풀려나는 걸 보면서
너무나 쉽게 무죄가 되는 걸 보면서
나는 입을 다물고 말았는데
훌륭씨 착한씨 용감씨 사랑씨 우주최강히어로씨
밭에 그런 씨를 심어두면 될 거래
딸은 이 세계가 어둠 속에 머물지 않을 거래
너무 익어버린 자두를 이모는 밭에 심었지만
씨는 나무로 자라지 못했어
콕콕 박힌 불행의 씨를 삶에서 떼어내느라
흙속에 파묻힌 듯 엄마는 컴컴하게 지내왔어
그래도 어떤 믿음은
훌륭하게 자라나 자두나무로 빛날 거래

죄를 지은 자의 죄를 벌해줄 거래
불타오르는 나무토막을 꽉 안고서
용서를 빌면
그들은 연필이 되고 말 거래
무릎을 꿇고 물음을 묻고
기억해야 합니다
진실을 파헤쳐야 합니다
꾹꾹 적어나갈 수 있는 연필을
언니가 손에 쥔다
엄마가 이름을 쓴다
이모가 일기를 끝마친다
딸이 필통 가득히 연필을 모은다
그렇게
씨가 나무로 나무가 연필로 연필이 진실로
이어지고 이어지는 세계에서는
작고 여린 씨앗이 되는 것이
두렵지 않을 거야
무궁무진한 다음을 기다릴 거야
용서하고 또 할 수 있을 거야
훌륭하구나, 너희들은 정말 구제불능이지만
철수씨 민영씨 요셉씨 우빈씨 동석씨 종환씨
철저히 무언가를 쓰고 되돌아보는 동안
검게 탄 나무토막 앞에서 진실로 울 수만 있다면

그런 자의 모습을 누가 비난할 수 있겠어요
자신을 부끄러워할 리가 있겠어요

* 보이테흐 마셰크 글, 흐루도시 발로우셰크 그림, 『피노키오, 어쩌면 모두 지어낸 이야기』, 김경옥 옮김, 우리학교, 2020.

굴 소녀 컴백 홈

따개비와 파도 그리고 물컹거리는 지느러미
자맥질하는 다리는 분명 다정한 것에 관한 시작이었는데
어디서부터 지옥이고 어디까지가 로맨스인지

흐릿했던 악몽이 머릿속에 달라붙어 떨어지지 않는다

보름달 아래 술에 취한 자들이 있었고 바다는 끊임없는 소란을 피웠다 거기에 파도를 건너서 왔다고 한 소녀가 있었다 집이 어디냐고 물어도 그저 웃기만 했는데 아주 창백한 얼굴의 소녀가 난생처음 보는 무엇을 주며 그것을 굴이라 했다

굴은 짜고 비릿하고 혓바닥을 미끄러지다 녹아버렸어

사람들이 모여 앉아 굴을 까자
그 속에서 쏟아져나오는 수만 개의 통통한 굴들
모여든 사람들은 일제히 함성을 터뜨렸다 이건 마치 희대의 쌍년 요리 같군!

파도 소리를 들었다 굴을 까먹는 이들의 쩝쩝 소리를 참는 동안 소녀에 대해 쓰고 싶어졌다, 내가 아는 전부는 소녀가 더는 슬프지 않다는 것, 소녀는 뭐든 가능하고, 소녀는 전혀 매끄럽지 않은 껍데기를 문질렀다, 그때 소녀는 잊어

— 버린 신화를 기억해냈다

물에 빠져 죽는 이야기는 너무 쉽지, 물에 빠뜨려 죽이는 이야기도 마찬가지고, 물에서 나오지 못한 굴 소녀는 잊히기 싫고, 발버둥쳐봤지만, 입안으로 악몽이 자꾸 흘러들어왔지, 무책임한 군중 무차별적 폭력 무의미한 처벌 그리하여 복수란 단어의 맛에 길든 거야

짜고 더 짜서 눈살이 찌푸려지는 극강의 솔트맛

나는 소설을 써내려갔다

그러나 한 줄을 쓰자마자 그 소설은 끝이 나버렸다

굴을 까고 입술을 핥는 이들 사이로 파도가 인다 천천히 눈 코 입으로 바닷물이 흘러들어간다

굴이 굴을 먹고 자라난 거지, 사람이 사람을 먹고 자라난 것처럼, 소녀는 억울을 파먹지, 억울과 굴이 닮았다고 여기면서 입을 벌리지, 머리를 덥석 물고 조금씩 파고들어가지

네네 그동안 참 고마웠습니다 별일입니다 끝까지 잘 드셨습니까?
—

소녀는 결국 흐물거리는 사람굴을 다 먹어치웠다
재미있는 일이 시작될 것인가?
악마는 그래 하고 대답했다
세상이 컴백했다

기계 속 유령*

형광등이 깜빡이다 펑 터져버렸다
그러자 잊었던 기억이 하나 떠올라

코펜하겐의 가정집에서 보았던 그 인형의 미소를
나도 한번 따라 해보는 중이었는데
몹시 어렵고 슬프기만 했다

스탠드 조명을 바닥에 내던지는 자를 본다
사방 벽에는 희미한 불빛이 일렁거려
그만 죽어버리면 좋겠다 빛을 따라 나가면 좋겠다

스위치를 올리고 다시 내리는 동안
깜빡임은 자꾸 기이한 형상을 만들어낸다

거실로 부엌으로 화장실로 방으로 퍼져나가
수런거리는 목소리와 숨소리
작고 재빠른 기척이
선풍기를 지나고 냉장고를 지나고 전자시계를 매만진다

전기 파장이 빛의 틈을 따라가는 게 보여?
우주는 절대 비어 있지 않다고 이모가 얘기해주었지

손끝이 허공에 닿는 순간

움직이던 집안의 기계가 일제히 멈춘다

새벽 세시에

무심코 냉장고를 열던 코펜하겐의 나는
적막 속에서 여전히 웃는 그 인형을 따라 할 것이고

그러나 인형은
충청북도 금산면 금성리에서 가져온 것

폐병으로 일어나지 못하고 이불 속에서 시름시름 앓다가
죽었다는 이모의 이야기를 듣는다

텔레비전을 부수고 전화기를 걷어차는 자가
이모를 인형처럼 붙들어두었지만
저 먼저 흔적없이 사라지고 말았다는 이야기

사실은 이모의 형상을 한 냉장고가 부식되고 있었다는
자주 밤에도 웅웅거리며 돌아가고
불이 환하게 켜졌다는

전기가 끊긴 지 오래된 집에서
기계는 계속

전류를 따라 전설을 만들어냈다는

이런 비슷비슷한 이야기가 전 세계로 퍼져나가며 이어진다

콘센트를 뺀다
나는 얼마나 오래 방전되어 있던 것일까
그런데도 눈앞을 밝게 비추는 구멍
200만 볼트 속으로 빠져든다

입꼬리가 비쭉 올라간다
울음보다는 웃음에 가까운 쪽으로
방향을 틀었다

* 도다야마 가즈히사, 『호러 사피엔스』, 이소담 옮김, 단추, 2021.

시옷과 도깨비

거울을 들여다보면
미간을 잔뜩 찌푸리게 된다고
거기에는 자신과는 상관없는 자기가 서 있다고
시옷이 말한다
곧 도깨비로 변해버릴 것처럼
붉으락푸르락 화가 나서는
외모의 결함에 대해 지껄인다
그러나 나는 안다
너는 감정을 유리구슬처럼 다루는 여자라는 것을
입을 비쭉 내밀고 발을 쿵쿵 두드리는 게 다인 것을
나를 올려다보는 아이의 몸이라는 것을
사실 너를 낳은 것이
도깨비라는 것을 말이다
거울 속의 네가 너를 본다
엉킨 너의 머리를 연신 빗질하지만
그것은 쉽사리 끝나지 않고
도깨비가 어떻게 해서 너를 주고 갔는지를 떠올린다

멍청한 도깨비라고 놀려대는 인간들이 살았더랬죠. 인간과 도깨비들은 원래 한마을에서 잘 지내던 사이였는데 말이죠. 그만 욕심이 그득그득한 몸을 불리기 위해 인간이 인간성을 버리기로 했고요. 그래서 도깨비의 것을 빼앗기 시작했더랬죠. 마지막엔 도깨비를 불에 태워 구워먹은 겁니다. 그리고 얼마 후엔 마을 사람들이 하나둘 죽기 시작했대요. 죽으면서 사립문이 되거나 빗자루가 되거나 요강으로 변해버렸어요. 생명이란 하나도 남지 않게 되었죠. 유일하게 여자애만 도깨비 살을 먹지 않았고 그 마을을 벗어날 수 있었대요. 사실은 도깨비가 살기 위해 변한 여자애였다는 것은 전설처럼 남아 떠도는 이야기. 뭐, 그런 거예요. 그러니 도깨비 살을 먹고 죽은 멍청이들에게 분노하며 여자애는 살았어요. 영영 문손잡이 같은 곳에 영생을 가두고 자신을 잊어버리게 된 엄마를 찾으며, 자신이 인간인지 도깨비인지 분간하지 못한 채 살아온 이야기. 깨어나서 살아도 죽은 것처럼 살아야 한다는 것.

그 밤에 나는 알았다
그 밤에 나는 화를 참을 수 없어 죄를 짓고
그 밤에 나는 몇 세기를 다 산 것 같고
하수구 앞에 쭈그려앉아 토악질한다

한입 먹은 그 비릿한 맛은 사라지지 않는다
뱃속에 있던 무언가가 기어나왔다
그게 혼자 섰고 말을 했다
그러다 훌쩍 커버린 네가
오늘처럼 온종일 거울을 들여다본다
엄마도 되고 딸이 되기도 하고 빗자루도 되고 몽둥이도 되고 빗이 되기도 하고 서로 으르렁대다가 미친년 미친년 웃으며 킬킬거린다 차갑고 매끄러운 팔뚝 살을 어루만지면 아무렴 어때 도깨비면 어때 죽으면 어때 화가 나면 어때 내가 어때

팔뚝이 찰떡처럼 주욱 늘어난다
그래 여기가 바로 도깨비 살이구나
제일 여리고 연약한 부위에는 말랑거리고 부드럽지만
절대 끊어지지 않는 힘이 있다
결속력이 인간의 팔뚝을 잡아당긴다
화가 나면 죽은 것은 다시 살아난다
왼쪽 귓불을 만지작거린다
방구석에 서서 트고 갈라진 배와 허벅지를 어루만진다
거울 밖으로 일제히 튀어나오는 것들
도깨비1 도깨비2 도깨비3……을 센다
백발이 되어가는 엄마 새빨갛게 익어버린 사과 홀쭉해지는 뺨 무성해진 고사리 화분 쭈그러든 젖가슴
사라지지만 다시 도래할 작은 섬광
시옷은 시시한 옷꾸러미를 벗은 인간처럼 선다
ㅅㅅㅅㅅㅅㅅㅅㅅㅅㅅㅅㅅㅅㅅㅅㅅㅅㅅㅅㅅㅅㅅ
화를 참을 줄도 알지만
천장이 무너질 것처럼
커다랗게 웃는다
시옷은

타오르는 손잡이

새끼 두꺼비를 보았다
미끌거리고 축축한 걸 만지지는 못하고 폴짝폴짝 뛰어 길을 건너 함께 갔다
잔디를 지나고 연못가를 둘러 가는 동안 두꺼비는 점점 몸집을 키운다 뒷다리가 굵다 성장하는 거구나 무서운 속도로 건너는 시절이야

앞마당에서 너는 마치 복을 불러온다는 삼족 두꺼비 같구나
커다랗고 툭 불거진 눈알이 날 올려다보길래 엄마가 아니란다 하고 못이 박히게 말해주었다 그런데도 아이처럼 먹이를 달라고 입을 벌린다
여길 봐 온통 징그러운 것 천지야 진흙과 몽당크레파스 덩굴

충동적으로 두꺼비 등을 만진다
손바닥에 닿는 변온동물의 체온은 따뜻하고 따뜻하고……
문손잡이를 오래 잡고 있던 것처럼 그것은 뜨거워진다 어떤 기대가 생기는 순간, 복이 들이닥칠 거라는 믿음이 타올라 덜컥 손잡이를 돌렸다

두꺼비의 등이 열린다
아기 울음소리뿐이잖아 어둠뿐이잖아 비릿한 냄새만 날

뿐이잖아 사방에서 눈알들이 날 노려보는데 피할 길이 없어 바늘이 필요해 저 입을 꿰매야겠어 아니 이 방을 어서 나가야지 문손잡이를 찾아야지 빛이 저기서 새어나오고 있어 있는 힘껏 손을 뻗는다

발에 짓밟힌 것은 빨갛고 새콤한 복 그리고 무수한 두꺼비 알 그리고 터무니없이 익은 방울토마토

바깥을 나가기 위해 문손잡이를 돌려 당긴다

눈을 끔벅이는 동안에 나는 벌써 몇 차례나 똑같은 대문 앞에 섰던 걸까
얼마나 오랫동안 엄마를 부르고 있던 걸까

잊어버렸다

계곡 속 원혼

산에 자주 오르는 사람은
계곡이 나타난다고 한들 관심을 기울이지 않는다
거기에 기다리던 사람이 있다
그렇다 한들 만나러 가지 않는다
언젠가 한때 정을 나누고 서로에게 의지했던 사이였지만
그이는 계곡에 빠져 죽은 혼이 되어 있을 뿐이라
더는 마주할 수가 없고
산에 오르게 하는 이유가 원한 때문일지도 모르지만
북한산에도 가고 관악산에도 가고
또 어느 날엔 도봉산 둘레길을 걷고
그저 습관처럼 산을 찾는 사람
그가 우연히 무수골 입구의 비석에서
근심과 걱정이 없어진다는 마을 이름의 의미를 읽는다
딱히 마음에 드는 것은 아니지만
아담한 길을 따라 걷고 걸으며 근심을 잊어보려 애쓴다
마침내 계곡에 이르러
그 무수골 계곡에 산다는 흰 버섯을 본다
바위틈에 달라붙은 이끼를 훑는다
그리고 불쑥
저편 짙은 수면 위로 머리를 내민 원혼을 알아챈다
스르르 스르르 스르르
광목천이 미끄러지듯 서서히 움직여오는 것
여전히 꾹 다문 입매와 물기 어린 눈망울을 본다

여전히 기다랗고 단단한 몸의 윤곽을 본다
아줌마 아주머니 하고 부르면
소녀처럼 늘 울고 웃던 그이가
우물쭈물하며 손을 내민다
그동안 잘 지내지 못했는가?
믿음은 이끼에 가깝지 않았던가?
계곡에선 이제 죽지 않는가?
질문이 거듭될수록
그이의 눈은 텅 비어가고
몸체에 닿는 물의 철썩거림은 커다래지고 커다래져서
정확히는 알 수 없는 울음으로 번져간다
영영 답은 돌아오지 않는다
그 옛날 무수골에 들른 왕은
아름다운 풍경 앞에서
모든 근심과 걱정을 다 내려놓고 가겠다고 말했지만
아마 전부를 내려놓진 못했을 것이다
산에 오른 자 역시 원혼을 향한 죄책감을 내려놓을 순 없다
무수골에서 버섯을 따고 가지를 심고 멱도 감으며
수면 위 가끔 떠오르는 물거품과 녹조를 걷어내거나
미끄러지고 흘러내리는 감정을 위해
매일 돌탑을 쌓고 기도를 올려주다
점점 산에 오르지 않는 자가 되어
거기 있던 사람이

산에 오르는 다른 자와 약속을 했지
이제 거기 말고 여기
멀리멀리 나아가
마하 싯다야 사바하*
사바하 무수수하루쿠기고나다헤루
의미를 알 수 없는 말을 중얼거리는 자
그러니 산에 오르는 또다른 당신은 알아챘으리라
그동안 잘 지내지 못했는가?
그동안 외로이 잘 지내고 있었는가?
이런 물음이 얼마나 원망에 깃든 기도에 가까운지
계곡에 이르면 왜 울컥 목이 메고 마는지
발을 담그고 수면 아래로 기어이 들어가고 싶은지 말이다
매년 무수골 입구에는 작고 흰 버섯이 피어나는데
그 이름은 희귀종 눈물귀신버섯
그걸 보기 위해 사람이 몰리는 여름마다
꼭 익사자들이 생겨나 계곡은 충만해진다

* 대성취존이시여, 성취케 하소서.

광기 아니면 도루묵

제자리를 찾기 위해
굴러다니는 핀볼 게임의 구슬처럼
데구루루 데구루루
혼이 나가고 들어가고

왜그랬어왜그랬어왜그랬어왜그랬어
어떤 응어리가 데구루루 굴러간다

우정을 돌돌 뭉친 쪽지와 선물을 포개어놓은 자리에
개의 늘어진 혓바닥이 있다

신뢰합니다를 외치던 자에게 뒤통수를 맞았던
아무런 이유 없이 친구에게 절교당했던
귀신 씻나락 까먹는 소리

포옹과 친절과 다정으론 역시 부족한 거구나

좋아하는 마음을 어찌할 수가 없어
쫓아다니고 싶었을 뿐인데
느닷없이 출몰하는 지옥

세면대에 물을 받아놓았더니
수면 위에 초파리가 앉아 뱅뱅 돈다

초파리를 죄다 죽이고 얼굴을 씻는다
미워하고 싶은 자의 얼굴을 본다
미워하는 자의 얼굴이 된다

마음이라는 단어를 개의 주둥아리에서 끄집어냈는데
마침내 미쳐버리고 말았다

침대에 놓인 신발과
책장에 꽂은 머리카락과
집 없이 떠도는 혼백만으로

나는 당신의 귀신이 됩니다
당신이 내다버린 마음을 먹고 자라난 것입니다

모든 게 엉망이구나

그리하여 오늘 죽은 자와 내일 죽을 자와
아니 죽지 않을 자 모두
참 다정한 귀신이 되려 노력하는 걸 보면서
머리카락을 늘어뜨린다

개는 죽으면 영영 제자리로 돌아오지 않는다고 하고

인간은 제자리를 벗어나지 못한다고 한다

빨간 실타래와 부적을 베개 밑에서 꺼내
가스불에 태우고 나서야
선명하게 보인다

드디어 찾았다
내가 발뻗고 죽을 자리!

에밀리 껴안기

누군가 왔고 금세 사라진다

이 좁은 방에
기어코
흔적이 남기도 한다
낙서나 피를 닦은 휴지
수치심 죄책감 냄새

종종 작은 기계에서 내뿜는
흰 수증기를 바라보며
숨을 조금씩 나눠 쉬는 연습을 한다

누군가를 부르기에 적당할 때까지
누군가의 형체가 만들어지기까지
이름을 만든다

온 자와
간 자의 이름은 늘 다르다

에밀리이거나 셜리이거나
숙자이거나 동재이거나
눈물이거나 오줌

머리카락과 물자국과 일기장 같은 걸로는
성에 차지 않아서 흉터를 만들어내려고
버튼을 번갈아 누른다

온과 오프의 갈림길은
한 번의 손짓으로 간단하게 바꿀 수 있지만
살고 싶음은 잘 켜지 못한다

물을 가득 넣은 기계에서는 온종일
에밀리의 숨, 제대로 된 한숨, 일렁이는 낮은 읊조림,
여리고 순한 여자들 목소리가 들린다

오래 방치되었나요?
숨이 안 쉬어지나요?
눈을 감고 있나요?
시를 쓰는 여자인가요?
많이 병들었나요?
집밖에는 누가 없냐고요?
왜 아직인가요?
왜 아직 거기 있냐고요?

묻고, 다시 물어도, 대답은 없는
물음표만 공중에 떠다닌다

그러니
축축해서 좋지
척척해서 더 좋지
물기 어린 습지 정원에 누운 것같이
가라앉으면 더 좋고

숨은 목숨이고
숨은 목숨은 건조한 방을 감싸안는다

희고 둥그런 기계 앞에서
숨을 크게 들이마신다
그의 이름은 에밀리
나는 아무도 아니에요. 당신은 누구인가요?
당신도 역시 아무도 아닌가요?
*그럼 우린 한 쌍**

지금은 이 좁은 방을 위해
울어주는
에밀리를 꽉 끌어안는다

* 에밀리 디킨슨의 시 「난 아무도 아니에요. 너는 누구인가요?」에서.

2부

인간이었다가 영혼이었다가 깜빡깜빡하는

녹색 활동

아침 일찍 건널목 앞에 선다
녹색녹색적색 읊조리며 신호등을 뚫어지게 본다
오늘도 하루가 무사히 지나가기를

등교하는 친구를 하나씩 꼼꼼하게 세다가
건너가는 자동차의 바퀴에 멈칫한다

누구누구의 엄마들이 건너편에 있다
누구누구의 걱정들이 건너편에만 머물러 있다

나는 이쪽에 머무르면서
학교에는 가질 않고 몰려드는 아침햇빛을 받으며
광합성을 한다

녹색 신호에 불이 들어오면
걱정이 우르르 몰려온다
잠시 주춤주춤 뒤로 물러나다가 뒤꿈치에 힘을 주면
걱정이 나를 에워싸고 머리를 쓰다듬는다

네가 무사했으면 좋겠어
네가 멀리 떠나가지 않으면 좋겠어
네가 여자여도 괜찮았으면 좋겠어

그때 나는 적색으로 바뀌기 전 깜빡거림
발밑이 아니라 하늘을 올려다보려는 안간힘
아직은 괜찮을 거라는 한 번의 믿음

길에 널린 돌멩이의 활동에 대해 알아요
나처럼 서서히 슬픔으로 가득찬 애는요
사람 많은 길에 가면 꼼짝하지 않고 있다가
돌멩이를 봐요 돌멩이가 와요 함께 돌멩이가 돼요

그렇게 사람한테서 떨어진 무수한 슬픔이
딱딱하게 굳어가거나 조금씩 무너지면서
발에 채거나 멀리 던져지거나

건널목 앞 굳센 돌멩이로서
다음 활동을 기다리는 거예요

1교시 종이 울린다
누구누구는 선생님께 인사를 할 테고
누구누구는 아직도 엎드려 울고 있지만
짝꿍들은 무심히 칠판을 바라볼 테고

적색적색적색 결국은 녹색

이제 다 건너온 나는
교문이 아닌 쪽을 향해 발을 뻗는다

반짝반짝 빛나는 돌멩이 위를
걱정도 없이 슬픔도 없이
내디딘다

온전한
나의 수요일이다

버섯 누아르

회색깔때기버섯을 먹고 싶어요
그 이름을 차근차근 발음하다보면
어둡고 창백한 면을 보게 되지 않을까요

몸 바깥으로 나온 기다란 촉수를 잡아 뺐어요
어쩌면 버섯이 동물도 식물도 아닌 것처럼
나는 이도 저도 아닌 귀물이지 않을까요

눈에 띄지 않는 응달에서 눈에 띄려고 점점 새하얘져서는

갱스터가 됐군
머리 위로 총알이 날아다니는 걸 느끼면서
저 홀로 나무둥치에서
독을 품고 자라나는 둥근 기둥의 버섯

힙사이지거스 마모레우스
프로클로로코쿠스 마리누스
다른 차원에서 유래한 것 같은 이름을
찾아내고 읽어보았어요

누군가는 미치광이버섯을 먹고 심장이 멎거나
탑 아래로 그저 온몸을 내던져 곤두박질치거나
그렇게 세계를 철저히 무너뜨리고 싶어서

새하얗고 투명한 원피스를 골라 입고
음악과 전혀 어울리지 않는 춤을 추러 다녀요

전쟁이 났군
죽음의 천사로 불리는 독우산광대버섯은
걸어다니는 유령을 만든다고 해요

속살이 충실하고 질긴 놈일수록 잘못된 믿음을 퍼뜨리고
그들은
간혹 살아남은 자에게 총부리를 겨누고요

이런 이야기를 그에게서 듣는다
눈 밑에 멍이 든 그가 아무렇지 않게 웃는데
왜인지 분노가 사그라들지 않아요

죽은 자가 늘어나요
죽도록 미운 자가 생겨나요

때때로 버섯은 순하고 여린 치유자로서 식탁에 놓이지만
그런데도 생명은 너무 빨리 사그라들어요
그게 자연의 순리이니 뭐니 하면서
내버려두기만 할 순 없어서

버섯을 채취한 자에게 누가 벌을 내리지요?
총을 든 자를 누가 막아내지요?
왜 심연은 여길 들여다보지요?

독이 든 포자를 퍼뜨리려고 주름을 펼쳤어요
꼭꼭 숨겨둔 내면이 훤히 드러나 보여요
죽음을 끄집어내요

그렇게
나는 버섯의 일원이 되었습니다

실내 비판

인간을 위해 빛을 밝혀주는 도구
샹들리에의 어원은 양초에서 왔다
그러나 우리집과는 어울리지 않는 물건이었다

아버지들 이야기는 더는 하고 싶지 않아요
죽어 사라진 주인 대신 살아남으려는 덩굴식물
여긴 그것만 있으면 충분했다

어둠이 자라나 실내를 메우는 목적은 거실의 이면을 감추기 위해서
트로피와 상장 그리고 유명 인사와 찍은 사진은 천박한 취향을 가릴 뿐이어서

유행과 자본에 밀려난 것은 당연한 일 같았다
언젠가 벤야민의 책에서 본 문장처럼 여기서 찾을 것은 없었다

새장이 있고 시계가 달린 샹들리에 아래에서
가족은 매번 손님을 모시고 파티를 열었는데
그들은 바깥세상에 대한 불만을 터뜨리다가
점점 술에 취해갔다

그때 몇몇 아이들은 우표를 오리고 붙이는 일에 매달렸다

우표엔 권력 따위는 없었으니까
아니 아버지들의 한낱 취미생활과는 별개였으니까

실내가 점점 어두워져요
잘 앉지 않은 고가의 안락의자, 부피만 큰 칠기 장식장
몇 세기를 지난 골동품과 잔꽃무늬가 촘촘히 박힌 벽면까지
아무것도 보이지 않게 되었다

어떤 세계는 가짜가 되었다
어떤 풍경을 진짜로 믿었다
옳고 그름에 관한 우표를 떼었다

반짝거리는 금빛 손잡이는 녹이 슬었고
현실주의자라고 여긴 자들은 낭만주의자에 불과했고
암막 커튼에 가려진 추악한 사건의 진실은 밝혀지지 않았다

붙박이장처럼 그 자리에서 매번 목격자가 되는 일
희미한 전등처럼 깜빡이다가 목숨을 잃은 일
무겁고 잔인한 실내는 한 번도 환기되지 않은 일

목소리를 내십시오

환상을 버리십시오
목적을 잊으십시오
실내를 벗으십시오

한쪽 벽면을 가득 채우고 있는 유리창을 깼다
북받치는 내 울음이 허공으로 뻗어나가는 동안
콘크리트에 가려졌던 철근을 목격합니다
아직 굳건하게 존재하는 진실을 마주합니다

폭력을 보호할 실내는 이제 여기에 없습니다

나타샤 말고

라면을 끓였습니다
구불거리며 찰랑거리는 머리카락을 보게 될 줄은 꿈에도 모르고

맵고 칼칼한 라면 수프를 탈탈 털어 넣으며
스트레스를 한 방에 날려버릴 생각에 들떴습니다

후후 불어 배고픔을 삼키려는 찰나
냄비 아래에 놓인 작은 책에서
귀신이 비집고 나온 것입니다

나의 나타샤
나는 그렇게 부르기로 했습니다

하얀 얼굴로 산발인 머리카락을 흔들며
옛이야기를 하는 나타샤는
백석의 시를 모르는지 아는지
진정 정체가 귀신인지 아닌지
상관없이 그저
푹푹 나리는 눈 속을 걸으며
들판을 나린다는
생을 누린다와 같지 않고
아직 못 누린 삶은

들판을 구르기에 바쁠 뿐
배고픔에 눈을 감은 이야기로
한참을 떠들었습니다

너는 나타샤와 다르고
진정한 나타샤는 자꾸 멀어질 뿐
구불구불 머리카락에 쌓이는 흰 눈과
나의 불어가는 흰 면발과
겨울밤이 이렇게 조용히 흐르는 가운데
조곤조곤 노래 부르듯
이야기하는 나의 귀신
나타샤는 상징적인 힘
나타샤는 전복의 사유
너는 나 말고
나는 나타샤 말고
이 밤은 영 지루하지 말고
불쑥 솟아오르는 보름달 아래 훠이 훠이 당나귀 말고
시에 대해서 생각하는 밤
라면과 나타샤와 바람에 대해
할말이 많은 나를 두고
백석은 총총 냄비를 가로질러가고
푹 퍼진 면발을 떠먹으며
외롭다 괴롭다 도롭다 로롭다 단어를 꿰맞췄습니다

나는 나타샤 말고
나타샤는 사랑 말고
자신을 버린 조국을 택했다고
북방에서 영영 돌아오지 못한 당나귀의 이야기를
만들어 들려주었습니다

희고 매운 건 현실이고
검고 순한 건 몽상이라서

오늘은 라면에 밥까지 말아 먹어치워야만
밤이 끝날 것 같습니다

홀연히 사라진 나타샤 대신
왠지 창밖에는
꼭 진눈깨비가 흩날리는 것만 같아서
당나귀 홀로 걸어가는 골목길을 본 것만 같아서
어제 읽다 내팽개친
뜻 모를 책을 다시 집어드는 것입니다

사나운 가을 듣기

차갑고 쌀쌀맞은 그에게 잘못을 지적받는다

무슨 콧물이 그리 많냐고
수줍음을 얼른 닦지 자꾸 흐르게 내버려두냐고
뭐가 그리 느긋해 매번 뒤처지냐고

그러나 정작 내가 잘못한 게 뭔지 가늠하다가
콧물을 들이마시는 걸 깜빡하지
아 얼마나 내가 추해 보일까
잘못한 일은 이런 것일까

그래 참 미안합니다
콧물을 훌쩍이며 어두컴컴한 골목에서 떨어져
뒤를 돌아본다

가을 산이 거기 있다
밤송이를 후둑후둑 떨구는 나무 아래로 가
부러 밤송이를 맞는다
하나둘셋, 넷 다섯
아프구나
눈물콧물다흐르게두고

사실 나는 하나도 미안하지 않아

잘못하지 않았어 미안하지 않아

안미안미안미안미안안미안안미안
사나운 가을이 날갯짓소리라도 내는 것일까

그렇게 하염없이
차가운 바람이 불어오게 둔다

웅크린 털 뭉치가 바스락거리며 거리를 좁혀오거나
맨발의 행인이 내는 타닥타닥 발걸음을 쫓으며

습하고 축축해진 음지에선 벌써 귀뚜라미 소리
툭툭 도토리가 떨구는 무구한 울림
아흐아흐 꼭대기에서 들려오는 메아리

듣기에 여념이 없는 두 개의 귀가
오솔길을 따라 산중턱까지 나아간다

잘못한 일은 혀를 함부로 내두르는 자가 했지
내민 손을 뿌리치고 되레 발길질한 자가 나빴지
귀를 기울이지 않는 자는 된서리 맞아 죽을 뻔하지

그러니

가을에는 당당히 코를 풀면 된다
참았던 화를 좀 냈다고 해서 주눅들지 않아도 된다

가을에는 오히려 사나운 호랑이쯤으로 변신해
산속에 억울한 마음을 훌훌 버리면 된다

아흐아흐 울음이 웃음으로 울려퍼지지
이 커다란 메아리를 듣느라 산이 온통 뜨거워지지

그리고
돌아오는 길에는
인간의 탈을 낙엽 밑에 잘 묻고서
네 개의 발로 다져놓았다

도무지

밍로는 어떻게 산을 옮겼을까*
밍로는 어떻게 신을 잃어버렸을까
어째서 구름은 구름으로 있게 되었을까
봄방학은 이제 사라지고 말았는데
학교 앞에 아이들은 한 명도 보이지 않고
모르겠어
왜 어린 딸은 숨죽여 울려고만 하는지
밍로가 누군지 기억나질 않는데
어떻게 딸은 밍로를 찾아 부르는 것일까
밍로 때문에 구름이 모여드는 것일까
잔뜩 찌푸린 구름 안에 밍로가 들어간 것일까
뒤쪽에 있던 산이 어느새 우리 앞으로 고개를 틀었는데
작고 볼품없는 앞코를 들이밀어
밍로를 만들어냈을 신이
우리를 다시 거둬가기 위해 손을 내민 것일까
도무지 모르겠어
방학이 오면 우리는 산에 가기로 했었는데
아직 눈이 쌓인 산허리를 오르며 설인을 찾기로 했었는데
키가 너무 커서 곧 쓰러질 것 같았던 설인을
딸은 언젠가 봤었다고 얘기했었지
그 설인이 밍로였을까
그 밍로가 딸의 눈꺼풀을 훔쳤을까
언제 딸의 머리카락을 싹둑 잘라버렸을까

어째서 신에게 나를 줘버렸을까
산은 그렇게 푸르고 거대하면서도
어떻게 순식간에 불타올라 잿더미가 되는 것일까
딸과 나는 거기에 있었는데
우리도 그렇게 사라졌던 것일까
분명 밍로라는 이름을 그림책에서 본 것 같은데 도무지 찾을 수 없어
밍로는 재를 뿌리는 구름이거나
밍로는 우리가 밟아버린 개미떼 혹은 잃어버린 신주머니
어디에서건 밍로를 발견할지 몰라
두리번거리면
갑자기 완벽하게 침묵해버린 학교
그 앞에 선 우리는
골목을 따라 천천히 오른다
산으로 오르는 또다른 딸과 엄마를 본다
누구를 죽이고 누군가 죽는 풍경을 본다
생채기가 가득한 손바닥 안에서
웅크린 밍로를 본다

방학이 끝나버렸는지 모르고
아이들은 학교에 가는 대신 산으로 간다

작은 신들이

오르막을
성큼성큼 올라간다

* 아놀드 로벨, 『밍로는 어떻게 산을 옮겼을까?』, 김영진 옮김, 길벗어린이, 2014.

곤드레는 여전히

곤이와 드레는 단짝이다
곤이는 드레를 좋아해서
뭐든 꼭 같이하고 싶어한다
드레는 그런 곤이를 물끄러미 바라보다가
나물 같은 건 싫어
풀죽어 있는 모습이 보기 싫단 말이야
그래서 곤이는 나물에 곤죽이 된 밥을 한쪽으로 밀어버린다
드레와 함께 엎드려 그림을 그리기 시작한다
나물밥이 한나절이 지나도록 줄지 않고
쉰 냄새가 진동하자
그것은 너무 쉽게 밥이 아니게 된다
그렇게 너무 쉽게 놀이가 아니게 된다
먹을 수 없는 음식 같은 건 싫어
맛없는 걸 먹는 어른이 되는 건 더 싫어
드레는 차라리 잠이나 자려고 드러눕는다
곤이는 배가 고파 찬장을 뒤진다
바삭바삭 부서지는 것
부드럽고 달콤하게 뭉개지는 것
다리가 많은 벌레와 매끈한 등딱지 곤충과 긴꼬리 짐승과
방바닥을 사이좋게 함께 지나다니다가 멈춰 선다
깊은 은하수 속에 빠져들기 딱 좋아서
미래에 곤두박질치는 오후가 좋아서

결국 곤이는 곤하게 잠들어버린다
그러면 드레는 곧장 일어나 창문을 바라본다
인간이 이불이 되면 좋겠어
쉰밥이나 부러진 밥상이 반짝거리면 좋겠어
아니면 더러워진 양말 같은 것이
우람한 나무라면 괜찮을 텐데
곤이는 세상에서 단 하나뿐인 친구이지만
쓸데없이 여리기만 해서
영영 잠에서 빠져나오지 못할 텐데
그렇게 오래도록 곤이가 내뱉는 숨소리
이불을 들추면 아무도 없이 커다란 어둠
그 너머의 세계로 빨려들어간 게 틀림없는
어린이를
드레는 알고 있다
단짝인 이름을 나눠 가진 아이들이
모이고
모여서
점점점 이불로 부풀어가고 있으니
이 나라는 서둘러 망해가게 되어 있으니
드레는 아랑곳하지 않고
쓰레기 나물밥을
한입 넣어 씹어 먹는다
곤이 맛이 난다

12월

이것은 햇시나몬이야
컵 안에 든 뜨거운 물을 휘휘 저어봐

나는 달리고, 웃고, 이야기한다
왼쪽과 오른쪽에 나누어 앉은 겨울과 봄을 위해
고개를 사이좋게 번갈아 돌려본다

이것은 애정이야
흙 위로 솟아오른 낡은 구두코를 문지르면
봄을 향한 알 수 없는 마음이 발바닥에서부터 올라온다

나는 그 둘을 분노와 애정이라고 부르기도 하는데
가끔 거울 속 얼굴이 그렇게 보였기 때문이고
분노를 애정으로, 애정을 분노로 착각하기 때문이고

시나몬은 뜨거운 물에 악한 기운을 녹여 섞는 데 탁월해
컵 안에 일렁이는 붉은빛을 마셔버린다

겨울을 이겨내기 위해
전 세계의 어린이는 잰걸음으로 그늘을 벗어나보지만
너무 쉽게 죽어버린다

멍이 들면 그 멍에 잠식당하고 마는걸

곁에 선 부모들은 알고 있으면서 말하지 않는다
어린이만 자기 몸에 생기는 멍을 셀 뿐이다

내 뺨을 자기 쪽으로 돌려가며 겨울이 속삭이는 이야기
들을수록 분노는 딸꾹질로 변하거나
어쩔 땐 눈썹을 다 밀어버리고서
내게 봄을 요구한다

그렇지만 봄은 아직 입을 열지 않는걸
나는 아직 할 이야기가 많이 남았는걸

스푼이 내 팔다리를 휘젓는다
시나몬 향이 참 좋아
뱅쇼 먹기 좋은 계절이라서
겨울은 쿵쿵 심장을 두드린다

이것이야말로 미치지 않는 방법이야

여전히 아이들은 이른 죽음을 맞이하고
가볍고 작고 흰 손가락이 그렇게 무참히 얼어붙고 있는데

그러니 12월에는
뜨거운 통 안에서 퍼올린 이름들을 불러줘야 해

이 끈질긴 애정으로 작은 것이라도 놓치지 않으려면
무슨 이야기든 듣고 말해야 한다

인간이었다가 이내 영혼이었다가 깜빡깜빡하는
혼란 속에서

엄마가 되었다가 어린애가 되었다가 하는
겨울과 봄 사이에서

뱅쇼는 기꺼이 끓고 있다

잉여 쿠키

그런 달콤함은 세상 어디에도 없는 것이지
창가에 누워 흐르는 구름을 끝까지 지켜보는 여자는
비물질이 되려고 해

시간은 척척 앞으로 향해 가는 것 같지만
자꾸 뒤로 감기는 것이고
인간은 착각에 착각을 거듭하곤
틀에 박힌 생각을 오븐에 구워 창문을 만들어낸다

목청껏 웃으라고 입이 생겨난 거야
덥석 순간을 베어 물자
다디단 몽상이 지나갔고 내일이 지나간다

점점 하늘은 텅 비어가고
빛의 한복판에서 거실이 부풀어오른다
바닐라 쿠키 굽는 냄새가 난다

아주 달짝지근하지만, 끝맛은 쓰고 아린
바삭거리다 스르르 입안에 녹아드는 찰나
허공을 맴도는 먼지와 초파리와 그리고 나

한꺼번에 생겨난다
귀퉁이가 잘린 쿠키와 까맣게 타버린 쿠키와 규범 따윈

무시해 쿠키 뒤죽박죽 쿠키 돌연변이 쿠키 웃음 쿠키 언제나 쿠키 우주 쿠키 빛보다 쿠키 메롱 쿠키 이런 쿠 저런 키

밀가루를 쏟는 여자와 자유주의를 말하는 여자와
걸레질하는 여자와 글을 쓰는 여자와
모든 여자와 여자들이 말이야

부스러기처럼

잉여 우주에 가득하고 가득하다는 걸 알고 있지

은하계 너머 비물질로 이루어진 곳에서는
발밑을 무한히 흐르는 애정이 전류처럼 자극을 준다

지구를 계속 끌어당기는 힘보다는
지구를 벗어나는 힘이 더 갖고 싶은 이유

떨어지면 깨져버리는 유리창을
위태로운 오늘로 힘껏 던져버린다

불안정하고 제멋대로인 머리가 부서지고 흩어지고 사라져버리기
먹어도 먹어도 먹은 것 같지 않은 허무의 맛을

신나게 꿀꺽 삼킨다

왠지 나는 이 결말이 마음에 들어

잉여와 잉어는 한 글자 차이
유유히 시간을 흘러간다

질투 벌레

손가락을 물어뜯겼다.
한 개 두 개 세 개……

사랑한다고 말해주던 놈이
이맘때 선물로는 아주 제격이라며
크게 웃었다

성탄절이었다

심장마저 뺏긴 것처럼
마구 질투가 났다

사랑하지 않는데도 그랬다

사랑은 먹어도 먹어도 채워지지 않지
오늘 태어난 예수도 그랬을걸
만백성의 사랑쯤이야 우스웠을걸

그놈이 빨간 얼굴로 말했다
이 끝없는 욕심이 몸속에 벌레를 키운다고
벌레는 우리와 공생을 원한다고

그러니까 짚신벌레는

두 개 세 개로 분리되었다가
질투 혹은 사랑 오만 가지 마음과 결합해
다중 인격을 구성한다고

마치 크리스마스트리처럼
시시각각 변하는 마음을 매달고 선 인간

기쁘다 구주 오셨네 만백성 맞아라
온 세상 다 일어나 찬양하여라

질투가 났다
태어나자마자 축복을 받는 일은 어떤 것일까?
온 세상의 사랑을 받는 일은 어떤 것일까?

누구 하나 예외 없이 태어난 이래로
질투를 뽐내거나 숨기거나
그러다 진짜로
질투의 화신이 된다

검댕이 묻은 자국인가 하고
조금만 자세히 들여다보면
동그란 벌레가 꼬물꼬물 기어가는 게 보인다

궁휼한 손바닥에도
은혜로운 발등에도

무심코 눈을 돌리자
밝은 빛에 둘러싸인 오늘이 우글거린다

부러워지는 게 싫어
커다란 별을 발로 걷어찼다
꿈쩍도 하지 않는다

이게 다 질투 벌레 때문이야!

지금 거리엔 눈이 마구 퍼붓고

기어코 나는
혀를 깨물었다

계속해서 피가 났지만
이번엔 아프지 않았다

이렇게 몸속을 다 게우고 나면
지옥은 잊을 것이다

덕수와 궁궐

나는 한국을 잘 몰라서
아니, 나는 과거를 잘 몰라서
궁금한 것이 너무 많으니까
좋다

덕수와 덕수궁에 가는 길에
잠시 궁에서 지낸 전생의 기억이 떠오르기도 해서 좋고

삼십오 분 소요된다는 중명전에 도착해
한 시간이고 열 시간이고 중명전에 대해
알아내고 싶어져서 좋다

한복을 입은 눈이 파란 여자애가
돌담길을 따라 걷고 있다
어디에서 왔을까?
내가 묻자 덕수는 러시아! 라고 말한다

후문 가까이에 갈수록 나는 궁금한 것투성이
덕수는 궁금이란 단어가 궁궐의 옛날 말이라 알려준다

사실 나는 덕수가 궁금해
무수한 이름 중에 왜 하필 너는 덕수일까?
왜 여자애에게 궁 이름을 붙여줬을까?

마지막 황제가 살았던 이곳에
황후는 없었다는 것을 알려주고
러시아 건축가 사바찐이 설계한 휴식용 건물로 안내하고
내가 잘 모르는 것을 말하는 덕수

황실의 서재에는 어떤 책들이 보관되어 있는지
떨어진 나뭇잎으로 연못을 가득 메운 계절이
미래에도 정말 도래할지 알고 싶어

왕의 장수를 기원하는 의미로 덕수라 바꿔 부른 것이래
오래오래 너와 내가 평화롭고 싶은 마음으로
궁 안을 몇 번이나 돌고 도는 것인데

처마밑이나 쪽마루에서 발견한 문양은
미래는 좀 살 만하냐고 옛 여인이 묻는 것 같고
난 변하지 않은 것이 아직 많다고 생각하고

러시아나 미국이나 다 거기서 거기인 나라라서
한국에서 태어난 아이도 잘 모르는 나라라서
덕수가 들려주는 역사는 왠지 슬프다

모래에 손을 파묻는 러시아의 여자애가 저기 있고

해설가를 넋 놓고 바라보는 할머니도 저기 있고
잘 모르는 마음이 이상하게 눈물로 번져가는 시간

저기 덕수가 있다

우리 이제 쉬었다 가자!
나는 덕수를 이끌고 돌계단으로 간다

아무나 악령

오늘은 잠을 푹 자기로 했다
어느 날 떠오른 질문 하나가 머리를 맴돌았기 때문이고
예로부터 전해 내려오는 비법 하나를 들었기 때문이다
잠 속에서 또 잠을 자게 되면
악령 하나가 나올 것이고
그에게 질문을 던지면 답을 들을 수 있다
단 악령의 이름을 먼저 부르지 못하면
악령은 오히려 질문을 던지고
답을 건네지 못한 자들에겐 악몽이 시작된다고 하였다
"독수리가 두더지 구멍에 무엇이 있는지 아는가?"*
내가 아는 구멍에는 인간이 두어 명 있고, 양떼가 잠들어 있을 것이고, 그 외에는 까마귀와 곡식 낟알, 수선화 그리고 가시면류관 정도
그것의 목록은 순전히 우연과 잠의 선택이었으니
나와는 아무 상관이 없는 것이고
구멍 밖으로 나오는 양의 숫자를 세고 또 세다보니
결국 새해를 맞고 말았다
가끔 문밖에서 박수 소리와 함성이 들린다
새해가 밝아오는 것을 모두 축하하는 자리
문을 열고 나가면 다시 방구석에 한 살 더 먹은 내가
어제의 나와 다가올 나와 함께
여전히 거기 누워 있다
"두더지는 구멍 밖에서 불편한 진실을 발견했습니까?"

숨을 들이쉬고 내쉬는 일에 집중하다보니
어느새 순한 양의 얼굴로 선 자가
내 머리맡에서 질문을 던지고 있다니
그러나 불현듯 아무나 이름이 떠올랐고
바로 하얗게 질려 그것이 표정을 지우기 시작했다
아무것도 없었다 아무 일도 없었다
아무는 아무를 부르고 아무를 붙들고 아무를 지우고 아무는 문을 걸고 잠을 들여다본다
"아무나 이렇게 바닥으로 내몰렸겠습니까?"
"평생 바닥에 아무나 누워 있고 싶겠습니까?"
바닥에 누운 것은 나의 몸이긴 하나 그것은 내가 아니고
떡국을 가득 담은 그릇을 건네주자 아무나 그것을 먹어치웠다
새해가 되었으니 한 살 더 먹은 질문은 하나둘 늘어나
평범함이 되려 했다
소시민은 그저 추위를 피하려 불을 피웠고
전깃줄을 고치려 올랐을 뿐이고
밀린 일로 잠들 수 없었다

그리고
질문을 잘 펴보았다
소독약 냄새가 났다

아무나 잘 지냈으면 좋겠고
사는 목적이란 없었으면 좋겠고
두 개의 발은 희미해졌으면 좋겠고
전혀 다른 이야기를 하고 싶었으면 좋겠다

악령은 팔과 다리를 자르고
시의적절한 질문을 골라내느라
여전히 잠 속에서 허우적댄다
답을 구할 수가 없다

* 윌리엄 블레이크, 「텔의 서(書)」, 『블레이크 시선』, 서강목 옮김, 지만지, 2012.

야생식물

자주꽃방망이나 도깨비바늘은 잘 모르는 한국 식물

그렇지만 어디에선가 피고 지고 열매를 남겨
하나의 군락을 만든다

뾰족하거나 둥글넓적하거나 방망이 같거나 티끌 같은 모양으로
무럭무럭 자라나 동물의 하루치 식량이 되거나
드넓은 땅을 그늘로 뒤덮어버릴 만큼의 위협을 가하면서

그러나 식물원 입구에 줄지어 선 관람객은 이것에 관심이 없다

씨앗 도서관에서 가끔 아이들이 씨앗을 대여하며
온갖 종류의 가능성에 대해 배우지만
아무것도 바뀌지 않을 것임을 알아챈다

서서히 입구 안으로 관람객이 들어간다
서로의 간격이 빽빽한 탓에 걸음이 느려진다

키가 큰 보리수와 바나나나무의 틈 사이를 건너고
열대관을 지나 습하고 더운 온실로 이어지는 길
들어오는 사람과 나가는 사람이 마주본다

거꾸로 자라난 커다란 나무 앞에는
엽록소와 아드레날린과 짙은 여름의 냄새
야생의 경계선에 선다

과거에도 미래에도 살기 위해 뻗어나가는 힘줄기
뿌리와 잎사귀가 다르지 않은 걸 본다

시끄러운 관람객 한 명이 통째로 이파리에 먹힌다

살기 위해 인간들이 맨땅에 머리를 박는다
관람 종료를 알리는 알림음에도 일어날 수가 없다

발아는 순식간에 이뤄지기 때문이다
세포와 세포는 하나로 연결되기 때문이다

줄기와 머리카락은 태양을 향해 뻗어가는 게 아니고
그저 한자리에 오래도록 머무르려 의지를 만들어낸다
초록빛을 철갑처럼 두른 채 자라나고 있다

어제의 잘못을 벗는다 그저께의 미움을 털어버린다 흙으로 되돌아가는 땀과 피의 성분, 영양 듬뿍 머리카락이 뻗어나간다 죄는 죄를 구할 것이고 용서는 용서를 구할 것이다

가능성이 구불구불 이어나가며 아이들을 구할 것이다

야생의 밤은 아주 길고 영원해서
벌거벗은 몸이 되어가도
전혀 부끄럽지 않다

리히텐슈타인의 말

아지랑이가 피어오르는 한낮 아무도 오지 않는 골목길에 다다른다. 뭔가 생경한 느낌이 입안에 고여 침을 뱉는다. 아무 말이나 할까. 너와 함께 살고 싶어 같은 간지러운 말. 너를 죽여줄게 같은 무서운 말. 그럼 나는 무턱대고 쭈그리고 앉아 오래된 쓰레기를 뒤적인다. 썩은 손가락을 줍거나 리히텐슈타인의 역사책을 줍거나 말라비틀어진 사과를 줍는다. 머릿속에서 이야기는 자꾸 만들어진다. 사랑하는 친구가 실종되었다거나 헤어진 애인을 찾아가 죽인다거나 학교 옥상에서 떨어져 죽는다거나 끝에 관한 이야기는 세상에 끝이 없다. 그래서 나는 출구를 향해 걸어간다. 울퉁불퉁한 길을 따라. 리히텐슈타인이 어디 있는지 모르면서. 말의 울음소리 쪽으로 내리막을 빠르게 달려간다. 분명 나는 도랑에 빠진 아이를 보았고 산으로 올라가는 입구에서 등산객 조심이라는 팻말을 보았다. 그러나 죽은 고양이를 나무 아래 묻은 건 내가 아니었다. 이야기는 전혀 다른 방향으로 꺾인다. 출구로 쏟아져나오는 나들이 행렬과 마주친다. 웃고 있는 얼굴이 죄다 거무죽죽해서 불안해진다. 좀더 무심해질걸. 좀더 낙관적일걸. 말은 불안에 빠질 때면 언제나 어둠을 물고 와 금세 사방을 전염시킨다. 커다란 구멍을 삼킨 것처럼 아득해진다. 불안이 제 갈 길로 가버릴 때까지 나는 걸어간다. 걸어간다. 걸어간다. 간다 간 다 다 다 다다 말발굽 소리가 들린다. 점점 좁아지는 길이 길을 따라 뻗어간다. 가방 속에서 주운 물건들이 수군거린다. 리히텐슈타인. 리히텐슈타인. 주문처럼 읊조리는 리히텐슈타인. 이게 끝이 될까. 이게 죽음이 될까. 기약도 없이 절대로 멈추지 않는 오늘은 과연 어디에 당도하게 될까.

3부

그렇담 넌 요괴로구나

하이볼 팀플레이

셋이 모이면 셋 이상의 에너지가 쏟아져요

길쭉한 귀는 시종일관 쫑긋거리기 좋고
빨간 코는 반짝거리니 훌륭해
발이 닿은 지표면은 이렇게나 따뜻하니
뛰어다니기 좋은 계절이 왔도다

우리는 모두 주정뱅이 뱃속에서 기어나왔어요
쿵쾅거리며 뛰는 심장을 기억해요

태양은 우리 등뒤를 가볍게 밀어내고
믿음은 순식간에 타올라요
약속 따윈 하지 않았는데도 말이죠
우리는
희망에 대해 말하고 싶습니다

희망은 눈 코 입이 없는 것인데도
빰을 쓰다듬는 토끼의 앞발을 닮고
포옹하는 내내 느껴지는 하마의 심박 같고
상징과 은유 속에서 넘실대는 키스 같아요

이렇게 웃고 떠드는 동안에
밤은 덥석 우리의 뒷덜미를 잡아채지만

손을 뻗으면 언제나 인기척을 내주는 이가 있어요

고마워요,
고마워요,
고마워요,

껑충껑충 철조망을 뛰어올라 묘기를 부리는 일
연필을 쥐면 수백 페이지를 금세 채울 수 있는 일
광장 안에서 시끄럽게 재잘대는 걸 멈추지 않는 일

시시콜콜한 일에 에너지를 쏟아내는 이를 보면서
알코올 도수가 제일 높은 걸 쭉 들이켰어요

반대로
망치를 휘두르는 놈은 제 손에 발이 으깨질 것이고
발길질하는 늙은 놈팡이는 뒤로 넘어져 머리통이 깨질 것이고
우리의 목소리가 바람처럼 금세 사라질 거라고 다들 말했지만

여자 셋은 단호해져서는
벌겋게 타오르는 얼굴로
불가항력의 토끼 간에 대해 자랑합니다

얼마나 세계가 정교하게 얽혀 있는지 이 메뉴판을 봐봐요
무지개 팀플레이를 보여주겠어요

그것은 체리를 띄운 맨해튼
라임과 으깬 얼음으로 채운 모스코 뮬
레몬과 소다를 넣은 산토리 하이볼

빨주노초파남보 칵테일을 나눠 마시며
다윈의 진화설을 증명하는 것이야말로
더는 억눌려 있을 필요가 없다는 말이죠

위스키에 부어 넣은 약속과 보드카에 섞은 한숨을 마셔요
잔에 따른 미래가 일렁이면

괴괴하고 묘묘한 전술력 마지막 단계까지 단숨에 오르는 것입니다

아주 가까이 봄

그때 나는 까마귀에 대해 궁금해졌다
마른 나뭇가지 위에 앉아 울어대는 이유가
나무 밑을 서성이고 있는 나 때문인지
죽은 줄 알았던 새의 사체가 감쪽같이 사라져서인지

하필 까마귀가 울지만 않았다면 다 괜찮았을 오후라서
나는 싫다싫다싫다 되뇌었고
까마귀가 봄을 싫어한다고 여기려다가
낯선 단어들이 부글거리는 걸 뱉어버렸다

까마귀와 까뜨린느
까까머리와 까막눈
조까와 돌까

이런 말장난에 숨은 의도는 무수할 테고

발끝에 와닿는 햇볕이
바닥에 쏟아진 미래와 같네?
그럼 까마득한 옛날이 떠올라서
간혹 팔뚝에 돋아나는 소름이 까마귀 같네?

선명한 어둠은 갑자기 눈앞을 가로막고
햇볕에 선 모두가 죽어야만 하는 이유를 이해하느라

나는 끝없이 고개를 까딱거렸다

이 세계에선 봄이 지워져가는 중이고
빈약한 인간들이 자신만의 논리에 빠져 허우적대고
나무 가지치기는 이미 물건너간 일

주인 없는 정원에선
까마귀는 홀로 울지 않는다
다 같이 울거나 아예 입을 다물거나
나무 아래 세계와는 상관없다는 듯
조까조까조까 소리를 내느라 부리를 여닫는 것이다

봄을 죽이는 데 열심인 인간이 있을 뿐
걷다가 마주치는 짐승의 사체는 두고 볼 뿐
어떤 행렬은 이상하게 한 방향으로만 돌고 있다

앞마당에 커다란 싱크홀이 생겨나도
그런 일엔 꿈쩍도 하지 않는 행렬이 이어질 뿐
봄을 기도하는 입술은 어디에고 없다

전쟁이 산불처럼 옮고 옮아가는 동안
먼 곳에서 그저 하릴없이
발에 채는 조약돌

까마귀의 부리
목련의 꽃잎
집요하게
멍때리기
봄 죽이기*

햇볕을

정수리에

붙이고

* 앤 섹스턴, 「봄 죽이기」, 『저는 이곳에 있지 않을 거예요』, 신해경 옮김, 봄날의책, 2021.

주먹밥이 굴러떨어지는 쪽

생각하기를 멈춰선 안 돼

발을 구르는 동안에 우리는 쓸모없는 인간이 아니라지
우리는 혼자 남은 것이 아니라지

우리라고 발음하게 되면 왠지 주먹이 떠올라
주먹은 꾹꾹 눌러 담은 진심을 가리키고
밥 알갱이를 흩뜨리지 않으려는 다짐을 일으키고

대단한 일을 하려는 게 아니라
그저 콧노래를 흥얼거리게 될지라도
아주 작은 소동을 부리기 위해서
언덕 위로 오른다네

염소가 엉덩이를 표적 삼은 것도 모르고
사냥꾼은 총알을 계속 낭비하고 있다네

개머리판을 버리지 못하는 미련과 혼자 남는 걸 선택해버린 무심함에 살을 꿰뚫고 총알이 날아간다네, 풀밭이 짓이겨진다네, 벌집이 떨어진다네, 작은 것부터 서서히 멸종된다네, 그러나 우리는 용케 알아챘어, 순록과 양치기견과 두더지가 숲에서 멀어질 만큼 멀어졌다는 걸, 끝내 염소는 커다란 뿔을 내려놓았다는 걸, 그럼에도 사냥꾼은 언덕의 정

반대로 떨어질 거라는 걸

그러니까 주먹밥이 구르는 쪽으로 나아가다보면
언젠간 미래의 꼭짓점에서 우리는 만날 것이다

뭉친 모양일수록 뜨겁고 끈적끈적해진다
피에 엉겨붙은 건초 더미, 입안에서 뭉개진 알갱이, 원인과 결과를 알 수 없는 사건, 파리떼에 휩싸인 흙구덩이

경고를 무시한 이들은 곧 절망에 빠져들 수밖에
그때의 무더운 여름을 온전히 생각하다가
나는 아스팔트를 굴러보았지
언제나 부드러운 풀밭일 수는 없어
내 뜻대로 굴러갈 수는 없어

딱딱하거나 울퉁불퉁한 표면 위를
부딪치고 부딪친다

깨지고 흩어지고 망가지지만
숙제를 끝마쳐야 해
열심히 우리를 연습하고, 지워내고, 또다시 우리를 반복한다

구르는 굼벵이처럼
구르는 돌멩이처럼
구르는 주먹처럼

비스듬한 아스팔트 위에서
제각각 다른 소리를 내며
위에서 아래로
왼쪽에서 예측 불가능한 쪽으로

우리가 아니지만, 우리가 되어서
주먹밥이 돌돌 뭉쳐서
허기를 달래줄
끈끈함을 복기하는 것이다

배꼽 속 요괴

안전띠를 매고
어깨와 배를 가로지르는 압력에 집중해
숨이 막힌다

배꼽을 잘못 파내면 죽는다고 그랬으니까
손가락으로 배꼽을 후벼파던 날에
나는 죽었던가

빗속을 내달리는 버스
차창에 달라붙은 빗방울을 들여다보지
그 표면엔 내가 달라붙어 있지, 눈이 세 개 달린 모습으로, 그렇담 넌 요괴로구나, 이마에 달라붙은 배꼽을 본다, 나는 살았을까 죽었을까, 버스는 어두운 숨구멍 안으로 빨려들어가지, 축축하고 아늑한 배꼽 속으로 점점 더 깊숙이, 거기 여자도 아닌 남자도 아닌 내가 드러나지, 불에 타 죽는 마녀처럼 도드라져서, 그러나 결국 나는 수많은 나를 도려내지는 못했지, 꿈쩍 않는다, 이런 나는 저런 나를 파내느라 뒤척이다가, 만차 버스의 배를 뒤집어버리지

그러나 안전띠는 움직이지 않지

코를 고는 남자
울음을 그치지 않는 아이

요란한 빗소리와 버스 몸체의 덜컹거림
낯선 요괴가 언제 어디서 튀어나올지 몰라
하나 두울 셋 다시 하나 두우울
비닐봉지 속을 들이마시며 진정해
미꾸라지가 꾸물거려
삐끔거리는 아가리
좋아하는 악몽을 불러낼 텐데
저보다 더한 지옥을 불러올 텐데

아그작아그작 씹어 먹지, 불안을 씹고, 옷자락을 씹고, 내 앞의 머리통을 씹지, 이런 지옥은 언제 불타버릴지 모르잖아, 비명을 지르는 하차 벨, 눈이 백 개 달린 백미러, 이끼와 습지 냄새 속에서, 시끄러운 자는 엔진이 될 것이며, 울음을 꾹 참은 자는 방향키를 맡을 것이며, 죄를 지은 자는 이 기계의 연료가 될 것이니, 그럼 나는 딱 버스 의자면 되겠는데, 의자는 무너지기 위해 준비중이고, 귀를 기울이지 않는 자는 모두 바퀴가 되었지, 커다란 짐짝을 등에 싣고 덕지덕지 이어붙인 요괴가 가속페달을 밟지

세계가 이탈하지 않도록
요괴는 버스를 꾹 찍어 누른다
찌그러진 세계가 더 찌그러졌을 뿐
조금 더 나은 세계는 없지

다 같이 죽자
그래야 수많은 요괴 세상이 될 테니까
배꼽을 쫙 벌려본다
각다귀 몽달귀 어둑서니 불가사리
나랑 똑 닮은 쌍둥이들이 튀어나와
배꼽 아래 붙는다

안전띠를 꽉 매어주세요
버스는 아직 정류장에 도착하려면 멀었다

알루미늄

계단 끝 말라붙은 오줌 자국을 들여다본다. 오줌은 늘 반복해서 한 구역을 오염시킨다. 건물 전체까지 번져나갈 불길함을 만든다. 저기 서서 싸다 말고 여자애가 복도를 뛰쳐나간다. 쫓아나가자 지린내가 확 풍긴다. 저애의 옷깃을 잡았다고 여긴다. 잡고 싶은 마음을 우그러뜨린다.

빈 깡통 하나를 납작해질 때까지 밟는다. 어딜 감히 눈을 부라려라는 말이 떠오른다. 이웃집 아저씨가 손목을 낚아챈 기억이 난다. 아저씨의 비린내가 손에서 지워지질 않는다. 다른 캔을 또 주워 밟는다. 밟을수록 트림이 나온다. 입술을 꽉 무니 콜라맛이 난다. 또다시 오줌이 마렵다.

콜라를 너무 마시니까 그래. 콜라에서 알싸한 피맛이 나니까 그래. 화가 나면 마시고, 슬퍼지면 마시고, 콜라를 따다가 손가락을 벤 적이 있고. 그러니까 빨강은 순수한 성분을 가진 것 같아, 행운이 올 것만 같아, 저벅저벅 제 발로 걸어올지 모를 행운을 기다린다.

자판기에 동전을 넣는다. 퉁 하고 불길함이 떨어진다. 입구를 들어올리면 아무것도 없다. 퀭한 어둠 속에서 아저씨를 죽이겠다는 집념이 자란다. 여자애가 복도에 웅크린다. 나와 똑같은 얼굴로 문을 노려본다. 눈을 감았다 뜨니 알루미늄 세계가 뱅그르르 돌기 시작한다. 빨간 문이 녹아 흐른다.

이런 흔한 이야기는 늘 고여 있기 마련이다. 오줌은 아무리 닦아내도 증거를 남긴다. 사건은 지워지지 않는다. 흉측한 사건은 또다른 사건을 불러온다. 문밖을 나서는 이는 없다. 웅성거리는 소리만 계단을 타고 오른다. 오늘 나는 끝까지 요의를 참아낸다. 여자애의 이름은 무나. 저기 선 당신, 아무나이다

캠핑장에서 왼쪽

외진 곳에 가 일인용 텐트를 친다
돗자리를 깔고 눕는다

곧 개미떼가 들이닥칠 거야
케이크를 그대로 둔 채 일행은 사라졌고
오늘은 누구의 생일도 아니었고

폭우가 올 거야 계곡물이 순식간에 불어나거나 아니면 강풍에 산불이 퍼져 순식간에 이곳을 집어삼킬 거야 무시무시한 고요가 모여들 거야

피서객들이 텐트에서 찌개를 먹고 아무데서 오줌을 싼다 불판에서 고기가 타고 있다 술에 취해 잠이 들어 있다 이들을 지나 조금만 더 올라가면 우거진 수풀에 멧돼지가 있을 것이고, 피 묻은 옷더미와 구더기를 발견할 것이다 절벽에서 굴러떨어지는 자를 볼 것이다

어둠이 자리잡은 텐트에서
개미에 휩싸인 케이크가 무너진다
좁은 입구를 비집고 비릿한 냄새가 흘러들어온다

캠핑장 언저리에서 비명이 들렸기 때문에
텐트가 뽑힐 것처럼 세차게 흔들렸기 때문에

머리카락 타는 냄새가 훅 끼쳐왔기 때문에

어쩌면 당신은 수심 깊은 계곡 아래로 빨려들어갔겠지
사람이 너무 많아서 걱정이고 너무 없어서 걱정인 마음이었겠지

불어난 솜뭉치의 기분을 이해하려고 했는데
무너지는 돌멩이 탑을 막아보려고 했는데

수면 아래에 불운의 꼬리들이 헤엄쳐가는 걸 목격한다

분명 과거에 한 아이가 여기서 빠져 죽었다고 했지만
살려줘 외침이 아직도 메아리 되어 들렸지만
아무도 신경쓰지 않는다

차 한 대가 캠핑장이 아닌 왼쪽으로 꺾어져 들어간다
짙은 유리창 너머로 새까만 그림자 둘이 일렁인다

살려주세요

이제는 지켜볼 수만 없어서

내가 한 발을 바닥에서 겨우 떼어내는 동안

밀주

너무 오래 웅크린 자세는
몸에 좋지 않아요

그 몸을 어디에 둘까요

북쪽에서 내려올 소식을 기다리는 내내
커다란 통에 담긴 몸을 생각했다

욕실은 김이 서려 희뿌옇다
휘어진 척추를 어루만지다보면 무덤은 거기에 있다
물방울이 등줄기를 타고 내려가며
바닥에 닿아 소리를 냈다

춥.다.춥.다.

누구를 기다리는 일은
기대를 자꾸 거는 일은
끝나지 않고
더 어깨를 구부러뜨리게 되고

북쪽에서는 기다리는 내내 술을 빚는다고 했다
커다란 통에는 몸이 아니라
쌀과 누룩과 꿀과 그 밖의 것이 뭉쳐

발효되며 소리를 낸다

춥.다.외.롭.다.

인간이 잠들자 출몰하는 귀신들은
몰래 만드는 술냄새를 기가 막히게 알아차리고 찾아온다

통에 들어가 마시고 눌러앉아 살면서
그 술에 영험함을 깃들게 한다

예전에 할머니는 그렇게 말했다

북소리가 들리더구나
술이 잘 익은 통에서는 말이다
귀신이 울고 웃는 소리가 둥둥 울려퍼지더구나

네가 인간이라면 여기에 널브러져 있진 않겠지
여린 것은 돌봄이 필요한 거란다

잔에 따른 흰 술을 바라보면서
겨울 냄새를 맡으면서
점점 더 웅크려 앉는 내게

어서 와주세요
누구라도 곁에 있어
어깨를 보듬어주세요
몸을 끌어안아주세요

구수한 술냄새가 납니다 당신
또한 인간이지 않은지

매년 억울하게 목숨을 잃은 자들을 기리는
제사상에는 움푹한 곳이 있다

거기 술잔을 들여다보면
대체로 맛좋은 귀한 술일수록
모여든 많은 넋이 보이고
깨닫게 되는 것이다

어깨를 감싸안듯
술잔을 드는 당신

아직은 혼자가 아니에요

킬링 타임

종로에는 예술영화관이 몇 개 있다
담배와 시간을 죽이러 가는 동시 상영관

선배는 내게 질문을 던진 적이 있다
영화는 왜 보는 거니?
취미라서요

영화가 상영되는 내내
영화관에 혼자 앉은 나를 빼고 종로는 변한다
간판이 바뀌고 나무가 베여나간다
새로 들어온 상가가 홍보한다

예술영화가 재미없다는 편견은
죄다 거짓말
예술영화야말로 킬링 타임 영화가 될 수 있다

화면 속 배우는 말한다
담배는 왜 피우는 거니?
취미라서요

뻔한 대답이 입에서 튀어나왔지만
사실은 시간을 없애기 위해서
나를 지우기 위해서

종로에 없다
재미있게 살고 싶어
그런 욕망만이 뻗어나간다
문어 한 마리가 화면에 달라붙는다
크레딧이 올라가는 동안

오버랩된다
계속해서 미래의 내가 들어와 앉고
과거의 내가 끝까지 앉아 있고
현재의 나는 움직이지 않는다

종로에는 어쩌다가 왔어?
그 선배는 내 대답은 기다리지 않고
밥이나 먹으러 가자고 한다

사표는 어쩌다가 썼어요?
종로엔 어쩌다가 살아요?
영화는 왜 자꾸 만들어져요?
시는 얼마나 써야 해요?
아무도 읽지 않고
누구도 보지 않는 작품이
쌓여가고 있어요

종로에서 집으로 가는 좌석 버스는
빨간색이라
꼭 성탄 버스 같고요

이상하게 종로에는 겨울에 더 자주 와요
바쁘게 걸어가는 선배 같은 행인들과
다른 방향으로 나도 바쁘게 걸어가요

곧 상영이 시작될 거라서요

영원에 관하여
타이틀은 사라지고
저기 골목으로 들어서자
오프닝 테마곡이
울려퍼지는 오후 두시
꼬박 하루가 죽었다 일어나네요

어제의 카레

용감해지고 싶다
감자를 휘저으면 떠오르는 거품처럼 무모해져버릴까
버섯을 썹다가 불안해지는 걸 용케 견뎌낸 아침에

카레는 어째서 어제보다 오늘이 더 맛있는지
퍼먹다보면 꼭 급체할 것 같았지
이 설부름을 건져낼 순 없는지
카레를 좋아하는 네게 묻는다

용기는 어떻게 만드는 걸까?

어제의 카레는 일종의 치유 음식
향신료에는 신이 내린 효능이 깃들어 있다지
하루 숙성을 견디며 발효되는 것에는
용기뿐만 아니라 참을성 아니면 배려 혹은 인류애

넓적한 그릇에 카레를 옮겨 담는다
오로지 이 한 그릇만 있으면
우리는 사랑하고 싶어지고 퍽 용감해질지 모른다

무지개를 건너간 반려동물 나의 친구 언제나 자매 카레의 여왕 다정한 이웃 혹은 선생님 저 먼 인도의 수많은 신의 부름을 물려받은 자 그리고 내가 식탁에 마주앉아 시끌벅적

이야기를 나눈다

얼마든지 네 편이 되어주기로 약속할게

욕조에 누워 죽을 뻔했던 기억은 잊고
락스 냄새를 너무 오래 맡아 구토를 했던 기억도
온몸에 솟아나는 소름을 내버려둔 기억도

널 만나기 전 폭력에 길들었던 세상은 잊고서
향긋한 카레를 한 입 두 입 입안에 담는다

이것은 건강한 몸을 위한 카레
어려운 시간을 견뎌낸 축복의 음식

어제를 꼭꼭 씹어 삼킨다

시큼한 맛이 입안을 자극하지
밝고 긍정적인 토마토와 바질 그리고 호랑이콩의 기운까지

맛을 보여줄게요

이제 나눠줄 의지와 애정을 도시락에 담는다

인절미 콩빵

콩을 안 좋아해요

요즘은 잠을 자는 것도, 고기를 먹는 것도, 옷을 갈아입는 것도 좋아하지 않게 됐어요 안 좋아한다는 말을 싫어하면서 입에 자주 올리다니 이상하죠 그러거나 말거나 딱딱하게 굳은 마음을 애써 조몰락댔어요

빵이 왜 안 좋니?

저 사람은 왜 안 좋니?

인절미 콩빵을 바라보면서 나는 안 좋아하는 것이 참 많구나 깨달으면서

안 좋아해 안 좋아해요 안 좋으니까요 안, 안안안 중얼거리게 된 거죠

하지만 싫어한다는 말은 절대로 아니에요

안 좋아한다는 것은 단지 조용하길 원하지만 매일매일 라디오를 켜는 습관 같달까, 그냥 아나운서의 목소리엔 귀를 기울이지 않고 듣는달까 그런 거예요 매사 심각해질 필요는 없어요

콩가루가 부스스 흩어지니 조금 웃음이 나요

콩과 가루는 원래는 하나였으면서 전혀 다른 미덕을 갖게 되었으니까요 사실 겉면만 뚫어지게 쳐다볼 뿐 안쪽에겐 도통 관심 없었기 때문이에요 막상 아주 가까이 다가가면 불

확실했던 마음이 이렇게나 선명한데요

빵을 한입 한입 정성 들여 먹으면서, 어제보다 하루 더 나를 푹푹 발효되게 숙성시키면서, 안 좋아해 안 좋아해 안 좋아해 안…… 물컹하고 부드러운 크림처럼 입안에서 맴도는 걸 꿀꺽 삼켰답니다

안을 뒤집으면 또 안이 되는 것이고
무수히 안이 겹치고 겹치다보면 오늘은 분명 좋아하는 것 투성이

새로운 월요일을 기다립니다
요일별 행사를 여는 우리 동네 가게에는
각자 좋아하는 요일에 좋아하는 마음을 사느라
안은 북적북적 모두 참 좋아요
좋습니다

호두정과

구불거리는 골목과 골목 사이, 부지런해진다 익숙해진다 저물어버린다 그래 하루란 금세 저물고 말지 저문 뒤에 골목은 진짜 골목이 되고 늘 나를 불러 세워 수수께끼를 던진다 미로와 닮은 골짜기, 골짜기 아래 바위, 바위 밑에 호두, 어떤 골목이든 들어가면 그 끝에는 왜 항상 호두나무일까? 호두나무 근처에 떨어진 열매를 벌리면 거기에서 느닷없이 길이 시작되기 때문에? 길은 늘 이야기하고 싶어하기 때문에? 그래서 호두를 좋아한다 호두의 반전이 손안에 있다 깰 수 있을지 살 수 있을지 몰라도 되는 일, 그만두고 싶으면 그만두면 되는 일, 마음 대신 호두를 모으면 단단함이 생겨난다 골목에 버려진 밥통이 생각난다 웅크려 울고 있던 이웃 아이의 머리통이 보인다 호두를 꿀에 넣고 조리면 뭐가 되는지 아냐고 내게 묻는다 아이는 입을 동그랗게 모으고 호두 울보 바보 우우 거린다 주머니에서 달그락대는 소리가 들린다 그 달콤함이 좋다 그 다정함이 마음에 든다 골목에 모여든 호두 같은 아이들이 서로 달라붙는다 우리는 헤어질 줄 모르지 손안에 끈적한 우정이 생기지 땀범벅의 호두 알갱이, 꽉 붙든 오늘의 행운, 그리움이란 호두와 호두라 불린 그 아이, 그러나 십 년 전에 이미 호두나무는 말라비틀어져 죽어버렸고 담 너머에서는 누군가의 엄마가 맞아 쓰러진다 이 골목에서 저 골목까지의 흔한 풍경이다 두 개의 호두를 굴리는 손의 주인들은 왜 항상 폭력에 길들었을까? 왜 호두는 구경거리가 되었을까? 어릴 적 호두를 먹지 않던 이유가 커다란 남자의 손 때문이라니 제법 억울한 이야기, 하지만 설탕에 잘 조려진 요리는 골목과 호두와 폭력을 연결하지 않는다 담벼락을 벗어난다 달콤함으로 위장하지 않는다 해방된다 호두는 개에게 갔다가 내 주머니에 왔다가 아이의 머리통으로 갔다가 골목을 굴러간다 호두 껍질이 두 개의 얼굴로 갈라지는 이유는 골목이 두 갈래로 갈라지는 이유와 같지 최대한 더 구불거리기 위해서 처음과 끝을 알 수 없게 복잡해진다 호두를 씹어 먹는다 우둑우둑 울음을 먹은 소리 허공을 맴돌고 마는 소리 어린 내가 입을 모아본다 달지 않은 맛을 이제야 알겠다

나의 찬란한 상태

상태는 어딜 가고 없습니다
양말인 상태에게 다리가 생겨난 것일까요
아니면 도둑이 재빨리 가져간 것일까요
아무래도 상태를 찾아야겠습니다

어리둥절한 상태
나를 지워버린 상태
기쁨과 슬픔을 개나 줘버린 상태

나는 도저히 지금 뭘 해야 할지 자신이 없습니다
이런 상태에서는 도저히 아무것도……

포기한 상태가 발치를 내려다봅니다
이불이 꾸깃꾸깃 뭉쳐 있고 두루마리 휴지가 찢겨 있고 양말과 옷이 뒤엉킨 거기에 아무렇지 않게 상태가 놓여 있습니다 한때 나의 친구였으나 이제는 내부의 적에 가까운 놈이 나를 물고는 놓아주지 않아요 어제의 빵은 이미 굳어버렸는걸요 쾨쾨한 걸레는 더는 손을 쓸 수 없는걸요 용서해달라는 종이쪽지는 내 것이 아니에요 머릿속에 든 현실과 거울 밖에 있는 상태는 일치하지 않습니다

상태는 나도 잘 모르는 상태에 대해 요구하고 있습니다
너와는 다른 상태를 찾아내라고

안전한 장치가 있는 상태
지구에서 최소한으로 살아갈 수 있는 상태
그런 상태를 찾아내라고 성화를 부리다가
바닥에 미끄러지고 맙니다

상태가 웃고 있습니다
쓰러진 놈은 어째서 양말 한 짝 같은가
다른 양말 한 짝은 영영 찾을 수 없는가
해답은 없고 질문만 남은
상태는 몸에 아주 잘 맞아떨어집니다
문득 배고픔이 느껴집니다
물컵에서 빛나고 있는 탄소를 마십니다
여기저기에서
생명을 천천히 음미합니다
길고 어두운 목을 조인 상태는 나를 제법 잘 길들입니다
수면양말은 따스하고 보드라워서
활기찬 상태의 나를 앞세웁니다
그리고 우리집을 환히 열어둡니다
어서 놀러오세요
아무것도 발설하지 않으시겠다면
언제든지

율동공원

오늘도 어김없이 공원에 나갔습니다
공원으로 가는 길은 여러모로 험난한 길이었습니다
오르막과 내리막을 번갈아가다 도로를 건너고 강을 건넜습니다
굳이 멀리 떨어진 공원엘 왜 가냐고 이웃 언니는 물었지만
전혀 멀다고 느끼지 않았기에 그저 꾸준히 갔습니다
갈등에 빠지는 날도 있었으나 대체로 공원에 잘 도착했습니다
공원은 커다랗고 건조하고
산책하는 무리가 지나가면 또 다가오고
가운데 호수가 있을 뿐 그저 흔한 공원이었습니다
그럼 도대체 왜 자꾸 가는 거냐고 묻는 언니를 향해 대답했습니다
배가 고파서요
배고픔이 통증에 불과하다는 걸 알았고
통증에는 걷기가 최고라고 들었습니다
배에 힘을 주고 걸어야 위산이 덜 분비된다니까요
얘야, 이만큼 아픔을 잊게 하는 건 없단다
그래서 한 시간이고 두 시간이고 걷는 거지
죽는 걸 빨리 잊으면 얼마나 좋겠니?
너는 기억력 하난 좋으니 만 보를 걸으렴
동네 할머니가 어린 내 손을 붙잡고
예언처럼 말했던 것을 떠올립니다

어른인 나는 걸으면서
아, 걸어야지, 걷기를 거르지 말아야지
어린 나를 잊어버릴수록
걷는 사실을 자꾸 잊으면서 걷는 것입니다
산책로를 따라 마주치는 사람과 청둥오리와 개를 봅니다
자전거가 넘어지거나 낙엽이 우르르 쏟아져 내리거나 쓰레기가 쌓이는 것을 지켜봅니다
그러곤 다시 후문을 향해 걷습니다
노점상에서 파는 음식냄새에 가까워져요
배고픔을 향해 왼발을 먼저 뻗으면
오른발은 가만히 따라옵니다
항상 묵념이 먼저
그다음엔 걷는 일이 아무렇지 않게 되는 거지요
집으로 향하는 길은 아주 멀고 돌아갈 엄두가 나지 않을 것 같지만
나는 할머니의 예언대로 기억력 천재니까요
혹은 지구인 대표로 우아한 파워 워킹을 선보인다면
배움에 목말라 있던 약골 외계인을 곧 만날지 모르니까요
걷고 걸으며 다리가 내 것이 아닌 기분이 들 때까지 걸어보려 합니다
공원이 어디에 있든, 나에게 따라붙습니다
땅끝에 있는 공원이라든가 물위에 세운 공원, 돈이 떨어지는 공원, 고질라가 출몰하는 공원까지 별의별 공원이 생

겨나고 생겨납니다
그것만으로 참, 배가 부른 것 같습니다
꼬르륵꼬르륵 배꼽이 잠시 울었지만요

뚜껑에 진심

김빠진 사이다를 배수구에 버린다
고여 있던
두근거림이 사라진다

발바닥에 잘 달라붙어 있으라고 신신당부했지만
톡 쏘던 기쁨은 언제 조금씩 새어나간 것일까

분리와 배출을 하다보면
어쩐지 더 어렵고 귀찮기만 해서
엉뚱한 곳에 화를 버럭 내버렸다가

용서를 빌러 가는 내가
세계의 커다란 구멍을 온몸으로 막고 있는 것만 같다

제풀에 지쳐 소파에 드러누워 천장을 바라보면서
나는 빈 플라스틱병처럼 남는 것일까

두 쌍의 손발은 결국 무모해지거나 무심해지지만
분리된 뚜껑은 신체의 쓸모를 찾아 헤매다가
더 재기발랄해지기로 하지

그것은 여전히 동글동글 다정하고 움푹 패어 있고
깔깔거리며 웃는 것 같아

돌리면 애정에 꽉 들어맞는 홈이 보인다

재미의 입구를 막는 게 아니었어
꽉 잠긴 머리통의 아가리를 연다

뚜껑인 그대로 몸을 일으켜
거리로 나가니
죄다 다르게 생긴 뚜껑이 걸어간다

시시한 삶을 바닥에 줄줄 흘리면서도
차가운 겨울 공기를 들이마시고
뻔한 예상 밖으로 나아간다

그리고 건널목 앞
둘 셋 짝을 지어 나란히
서로에게 기대어 있는 것

오늘은 다정함을 사라지게 두지 않으려고
안간힘을 다하고 있는 것

그럼 저도 계속해서 하루치의 목숨을 살려보겠습니다

굴러온 머리통을 발견해 주머니에 넣는다

내게도 드디어 짝이 생기다니
다행이다

4부
버섯을 따자 버섯이 되자 버섯을 먹자

청록색 연구

발바닥 아래에 점이 생겨났어요 쭈그려앉아 발을 잘라둡니다 그 점이 마음에 들어요 오래도록 점을 들여다보면 그 속에 무수한 벌레들이 꿈틀거립니다 아름답습니다 비로소 나를 거두어갈 소용돌이 덩굴손이 비집고 나와요 순록 뿔이 솟아나요 남은 발 하나도 잘라냈어요 나는 폭삭 무너져 내려요 참 잘하고 싶어요 그래서 말입니다 조금 더 얘기해도 될까요? 잠시 시간을 내어주세요 코트 자락을 만지작거리는 것부터 입김을 후후 불어보는 것부터 찬 공기에 뺨이 얼어붙는 것부터 시작합니다 겨울 말이에요 새벽이 따라오는 청록색 말이에요 아슬아슬한 높이에서 뛰어내리는 족제비로부터 전이된 감각이에요 먹이를 놓치지 않기 위해 발달한 주파수 그 영역에 서 있다면 당신도 보일 거예요 아직은 눈이 녹지 않은 숲 저 안쪽으로 쭉 들어가봐요 하나가 아니에요 침엽수 군락이 일순간 가지를 치켜올려 메시지를 전달합니다

이방인이다

이방인이다

이방인이다

이방인이다

이방인이다

어쩌면 평생 이 순간을 기다렸던 것 같아요 족제비가 물고 가는 나의 검은 머리 아주 짙은 혐오로 물들어버린 이파리들 사이로 선명한 색이 보여요 서서히 나를 찢고 나오는 걸 봐봐요 전혀 다른 물질이 되어요 안개에 가까운 나를 내버려둬요 이제야 아주 명징해져요 폭력에 이유란 건 없어요 거기에 대항할 마지막 임무였어요 내가 청록색 괴물이 되는 일은 말이죠 날 선 감각이 가시처럼 자라나요 손과 발이 뭉뚱그려져 허공에 머물다 흩어져요 점점 눈보라가 거세지고 있어요 부디 모두 안식을 취하소서 손안에 남은 소원을 들여다봅니다 여전히 쭈그려앉아야만 볼 수 있는 것, 흙 위로 찬찬히 번지는 평온을, 어쩌면 그렇게 바라던 인간다운 삶을, 죄다 죽고 남은 단 한 개의 목숨, 이젠 무얼 바라지 않아도 될 시간, 이 세계 너머의 것, 밖에선 어린아이들이 그림책을 읽고 있습니다 곧 입춘입니다

취미생활

제일 편안한 벽을 고른다
얼룩덜룩한 벽면일수록 더 친근하고
굴곡이 심할수록 다가가기 쉽기에
아주 신중히 벽을 만진다

그리고 그 앞에 서서 크게 심호흡하거나
눈을 깜빡거리거나
벽을 지그시 내려다보거나

오래 보면 볼수록 좋다
완벽하게 벽을 느낄 수 있을 때까지
실타래처럼 엮인 생각을 지울 때까지
집중하는 것

벽이 일렁이기 시작합니까?
벽이 무너지기 시작합니까?

공황장애가 심해질수록 심장은 더 세게 방망이질하고
어지럼증이 발병하면 숨이 막히기도 하지만

벽은 어느새 나를 고정합니다
안정감을 줍니다

벽을 완벽하게 연습하기 위해서
온갖 감정을 비워버려

어쩌면 전생에 나는 영웅이었을지 모른다
지금 이렇게 인간이 증오스러운 것을 보면
아닌가,

아니야아니야아니야
불현듯 들려온 소리에
돌아보니 벽은
팔다리를 만들어냈다
신을 꽉 끌어안는다

외롭지 않습니까
외롭지 않습니까
외롭지 않습니다

우두커니 서서
지나가는 이들을 바라본다
벽 대신 벽이 되어가는 일은
내가 요즘에 가장 잘해낸 일이라
인간을 덜 싫어할 수 있을 것 같아

취미생활은
나누면 기쁨이 배가되므로
함께 즐겨주시면 참 좋겠습니다

미래에 없는

인간 연습을 한다
기침하고 코를 풀고 다리를 찢는다

재채기가 나올 때마다 어쩐지 인간에 가까워지는 것 같아
그러나 멀지 않은 시대엔 신체를 버려야 하는 게 맞겠지

그래서 우리는 작두콩의 생명 유지 방법에 관해 연구한다

진딧물이 달라붙지 않도록 새파랗게 독해지는 것
햇빛을 더 받도록 몸집을 부풀려 변태하는 것
꼬투리를 단단히 붙들고 나락으로 떨어지지 않는 것

콩과(科) 식물은 아주 차가운 성질을 가지고 있으며
인간에 가까울수록 뜨거운 피로 분노에 자주 빠져든다
이런 사소하고 별일 아닌 점들이 미래의 차이를 만든다

세계 최대 두상 대회에서 대상을 받았을 때
잘못을 깨닫기도 전에 고열로 부은 머리가 기침병을 퍼뜨렸고
이후로 결코 건강한 날은 오지 못했어

뜨거운 차는 쉽게 목구멍으로 들어가지 않는다
나는 무릎을 꿇고 흐물거리는 점액질을 퉤 뱉는다

작두콩의 초록색은 너무 선명해서 살아 움직이는 것 같고
그 속의 동그랗고 납작한 낱알들은
마치 아프지 않기 위해 오히려 아프고 마는 신체이형장애 환자를 닮았고

때마침 농사를 짓는 마을 주민이 나를 불러 세워
인간은 변모할 거라고
품종개량이 일어날 거라고
앞으로는 통증을 느낄 수 없는 인간 생활만이 존재하게 될 거라고

확고한 말씀은 때론 몸에 좋지 않다는 걸 마을 주민은 모르는 걸까

인간이 인간의 외형을 잊고서 남의 살을 물어뜯거나
집을 버리고 외진 수풀에 모여 종말에 열중하거나
아무렇지 않게 재가 되어버린다

여전히 나는
코는 축축하고 다리는 흐느적거린다
두 개 네 개 다섯 개로 늘어나는 것만 같다

작두콩 차를 많이 마신 덕분인가봐
두 발로 직립보행하는 자가 인간이든 개든
이런 개념은 기침 한 번에 사라진다

반듯하게 누워서 입을 벌린다
미래가 호로록호로록 입안으로 들어온다

미드웨이섬

내가 아는 어른은
한여름에 태어났다

여름에 뻗어나가는 잡초처럼
너무나 잘 자라났다고 했다

어른은 이름답게
뭐든 빨라 일찍 사회에 나가 일을 했고
밤낮없이 일했다

유리 돔 안에는 친구도 있고 일과도 있고
무엇보다 먼지와 소음과 간섭이 없다고

분명 밖이 훤히 보이는데
밖에선 안을 들여다볼 수 없다고
비밀이 생긴 것 같아
어른은 좋아했다

이제 정말 어른이 된 줄 알고 풀쩍 뛰곤 했었는데

정확히 무슨 일을 하는지 물어보지 못했다
돔 안에 든 건 방부제에 절어버린 꽃이라고 말하지 못했다

드라이플라워나 방향제의 쓸모
최선을 다해 몸안의 생기를 쓰고 나면
버려지는 결과로

한여름에 죽었다
내가 사랑하는 어른은

병명 없음이라는 이름으로 박제되었다

다른 어른들은 그저 하릴없이 잔디밭에 무성했다

뿌리가 뜯긴 개망초를 바라봤다
공중으로 날아오르는 깃털을
썩지 않는 몸과 뒤섞인 몸의 사체를

걷어버리면
세상에 태어난 흔적도 없어져버릴 테지

미드웨이섬에는 미처 떠나지 못한 앨버트로스가 있다고 한다
내부에 먹지 못할 것으로 가득 쌓여서 죽고 만 것들이다
그들이 부패하고 남은 것은 빨갛고 파란 플라스틱 조각뿐이다

이른 죽음을 맞닥뜨린 어린 새는 섬에서 태어나
한 번도 바깥으로 가보지 못하고 섬에서 사라져버린다

그렇지만 다음 여름에도 앨버트로스는 다시 새끼를 낳으려고
쉬지 않고 날아와 미드웨이섬에 도착한다

죽음 위에 생명을 낳고 어른이 되도록 돌본다

여름에 죽은 어른은 성큼 겨울로 간다
내가 모르는 아이로 돌아온다
섬에 오고 또 오는 새처럼

다시 자라나고 자라난다

쓰레기 위에서 움튼 가짜 꽃 하나가
그럼에도 불구하고
영생을 뽐내고 있다

겨울 회로

폭풍이 들판을 헤집는 동안
오이를 우적우적 씹었다
비릿하고 씁쓸한 피맛, 침을 삼켜도 오래 남는 것

바깥 냄새였다
산너머에서 불어오는 낯선 땅의 바람이 몸 어딘가를 부식시켰다 종종 넘어지거나 부딪혀 멍이 들었다 그러나 양철지붕 아래에서 나는 나를 울게 두었다 긴 겨울을 버틸 원동력이 되도록 이번에야말로 주저앉지 않도록

당이 떨어지면 이야기를 먹고, 이야기가 떨어지면 장편소설을 찢어 먹고, 쉴새없이 불어오는 바람처럼 입을 달싹거렸다, 다 울고 나면 새로운 모듈로 전환해
얼어붙은 쇠구슬을 입안에 넣었다
겨울이었다

섬세한 겨울엔 모든 일을 준비해놓고 있자
코를 바꿔 끼고
꽉 조인 심장의 나사를 풀어주고
메마른 뒤꿈치를 깎아버리고
미세하게 감정을 조율해보는 것

그리고 겨울이면 갑자기 튀어나오는 고라니에 대비해야지

뒤뜰에 나타나 울타리를 부숴버리고 달아나는 그들을 따라나섰다가
산에서 내려오지 못한 때가 있었다

그때 귀에서 빠진 은색 부품 하나가 골짜기로 굴러간 이후로
자꾸 단어를 깜빡하거나
소중했던 이가 누군지 잊어버리거나
그러니까 긴 겨울이 어떻게 흘러가는지 모르게 되었으니

먼저 문을 활짝 열어두고서 아주 느리게
모음 발음 연습을 한다

구름이 만들어지고, 오각형 결정체로 눈이 쏟아진다 내일의 계획을 수정하고, 아이오 오이아 소리가 파동을 일으키며 간섭무늬를 만든다 창문이 얼어붙는다 혓바닥을 잠시 대어본다 입안으로 들어오는 겨울빛의 전류

숲에 버려진 작고 반짝이는 둥근 나사
고라니가 떨구고 간 울타리의 귀퉁이
잃어버린 단어들의 그림자

흐릿하지만 떠오르는 이야기 파편들

겨울은 아주 커다란 회로판 같아서
이런 이야기가 꺼지지 않고 어디론가 계속 흘러가
깜빡이는 꼬마전구들처럼 여기저기에서 제각각 빛을 내는 것이다

반만 남은 오이를 다시 씹는다
손가락은 저리고, 무릎은 걸리적거리고, 입술은 부르트고
동면 상태의 몸이라서
상상할 수 없는 앞날이라서

바꿔 낀 코가 불편하고
느슨하게 풀어둔 나사는 더 헐거워지고
콧물이 여전히 흐른다 해도

얼마나 내가 이해받고 싶은지
이 끝없는 겨울 한복판에 서 있고 싶은지
이야기를 멈추지 않았다
쇠맛이 입안에서 없어지질 않았다

불가사의한 통조림

북유럽 곳곳에서는 정어리를 먹는다
나는 참치를 먹지만 우리는 같은 난류에 속해 있다

첫 낚시에서 낚아올린 수확물에 대해 난감해하다가
이 작고 귀여운 납자루를 존중하면서
이대로 나도 반짝반짝하다가 사라져버리면 좋겠다고 여기는 것이다

지구에 머물러 있는 가시고기와 우렁이가 나를 대신해 잘 살아냈으면
살짝 비리고 쿰쿰한 냄새를 맡으면서 아직 오지 않은 멸망이란 단어에 대해 곰곰이 따져보는 것이다

오늘은 분명 세계 참치의 날이라고
옆에 앉은 아이들이 수군대며 기다리고 있다

무엇을 기다리는 것일까 나는 너희들에게 줄 것이 없음에도 여기에 서서 *낯선 것을 조심하세요 어디로 가버리면 안 돼요* 주의를 준다 너희들은 분명 나를 보는 것 같으면서도 전혀 다른 곳을 응시한다

점점 배가 불러와요 선생님 점점 물이……

강변의 수면이 한계점을 넘어 산책로를 잠식한다
우리는 꼼짝하지 않고 목격자가 되기로 한다

얘들아, 그런데 나는 선생이 아니야 나는 참치를 뜯어먹고 자라난 불가사리쯤 될까 여기는 바다가 아니니까 다슬기 정도쯤 될까

강바닥에는 둥글고 풍족한 공물이 가득히 쌓여가는데 어째서 그것은 썩어가지 않을까 내가 잠시 잠들어 있는 동안 지구의 생명은 어디론가 훌쩍 건너간 모양일까 너희는 수풀에 모여 앉아 절대 자라지 않는 종족, 그래서 이렇게 흔들리고 있는 걸까

아스파라거스와 베체트병
메니에르병과 람부탄
콘비프 옆에는 알츠하이머
이국의 글자만 가득한

불가사의한 세계에 마음을 빼앗기게 내버려두고서
무엇이 밀봉된 것인지 모른 채 낡은 깡통이 부풀고 있으니까 부패한 세계는 곧 터져버리고 말 테니까 그럼 속시원히 억울했던 일에 대해 말할 수 있을 테니까

우리의 할일은 그저 눈동자를 통조림 속에 가만히 담아 보는 것이다

유통기한이 일주일 남은 것을 꺼내두는 것이다

그렇지만 무심코 고리를 당겨 개봉한 순간

찰랑이는 수면 아래 온갖 멸종된 이름들이 떠올랐습니다

산호를 좀먹는 여섯번째의 날

울지 말아야지 울지 말아야지
스노클링을 하는 아이를 보다가 울음이 터지기 직전
가까스로 참아냈었는데

산호초에 가려 아이가 보이지 않는 게
잔잔한 파도 소리조차 들리지 않는 게
악몽이 아닐까 팔목을 세게 꼬집은 날

아이가 영영 돌아오지 못할 거란 예감이, 이 장면을 끝없이 반복 재생하고 있는 느낌이, 종아리를 스치는 차가운 끈적임이, 오소소 온몸에 소름 돋은 날

여섯번째로 내가 죽은 날
일곱번째로 내가 살아난 날

산호가 백색증을 앓고 있는 것 때문이었어
멸종 위기에 처한 아이를 구해내지 못한 것 때문이었어
수면 위를 장악한 쓰레기를 모른 척했기 때문이었어

산호를 좀먹던 것이 이젠 나를 좀먹는 것일지도 모르고
아이의 죽은 몸에서 흩어져 나오는 게 신일지도 모르고

오 분 전에 한 다짐은 십 년 전에 한 다짐과 같고

헤엄을 치던 아이는 나와 닮은 것도 같고

숨을 쉴 수 없어 허우적거리다 그대로 부유하고 마는 덩어리가
산호 쪽으로 들어가 나오지 않은 날
완벽한 어둠을 맛본 다음날

미래를 바꾸기 위해
수없이 되돌아가도
우리는 까마득한 바다에 빠져 있는걸
아직도 깜깜한 대낮인걸

지금은 몇번째 미래에 도달한 걸까
어둠 속 환영이 자꾸 빛을 좀먹고 있는 걸까
빛은 자기만의 방에서 꼼짝하지 않기에
나는 나를 좀먹고 마는 걸까

산호의 여섯번째 마디가 어디쯤인지 모르는데
문밖에서 열번째의 아이가 부르는 걸 분명 들었는데

어서 깨어나세요
좀먹는 악몽 밖으로 나오셔야 해요

엄마는 아직 늦지 않았어요

정말 늦지 않은 걸까

화면 속에는 무수한 내가 계속해서 깨어나고
끝이 없다

*마리마리**

어제는 망고스틴을 먹었다 전혀 모르는 사람들 사이에서 말레이시아어를 들었다 배를 탄다고 했는데 바다는 멀리 달아나버렸다 눈을 깜빡이고 깜빡인다 어제가 다시 몰려들었다 어제 아침에 본 개 한 마리, 어제 먹은 망고스틴, 어제 만난 가이드, 분명 언젠가 들은 것 같은 *마리마리*

가이드는 말레이시아어로 말한다 *마리마리 마리마리* 배는 강기슭을 나아간다 어둠의 숲을 나아간다 *마리마리 마리마리* 가이드는 손짓한다 이리로 오라는 듯 연신 흔들어댄다 어둠을 노려보는 사람들 사이에서, 커다란 널빤지 위에 의자만 열몇 개가 배의 전부여서, 행복을 바라는 우리는 *마리마리*, *마리*라는 가이드, *마리*라는 배, *마리*라는 반딧불, 언니 이름과 같은 *마리*

어둠뿐인 맹그로브숲에서 숲이 끌어들인 깊은 강에서 반딧불이를 향해 *마리마리* 우리는 계절을 부른다 비구름이 짝짓기를 위해 다가오는 동안 하릴없이 *마리마리 마리마리* 기도를 한다 안부를 묻는다 어제는 다 지나갔나요 오늘도 아직 오지 않았는데 반갑습니다 마리입니다 마리입니까 마리아니요 마리라고요 마리하세요

언니의 코에 앉았다가 사라지는 반딧불이는, 아무리 목청껏 불러도 마리가 아닌 반딧불이는, 어제로 들어가버린다

숲 가운데로 어둠의 한가운데로 원을 그리며 나아간다 *마리마리 마리마리* 우리를 태운 배가 지나가면 다른 배가 지나가며 *마리마리 마리마리* 환한 달 아래서 모두 마리를 따라 부른다

나는 어제를 손에 가두고서 허리에 힘을 주었다 옆에 선 가이드가 어깨를 붙잡고 말한다 오늘은 *반딧불이 체험을 하겠습니다* 자연스럽게 한국말을 하는 가이드가 사과한다 *어제는 비 때문에 취소를 해서 죄송합니다 이제 출발합시다* 손을 펴자 어제가 순식간에 날아간다 마치 없었던 일처럼 쉽사리 잊힌다 *아니야 아니야 이리 와 이리 와 마리마리*

* 말레이시아어로 '온다 온다'.

식인귀

모서리에 머물러요
잘 차려진 식탁이지만
이 자리엔 먹을 게 없고
내 몫의 틈을 찾아내 앉아
단 음식 냄새를 맡으면

여기서만큼은
평온하지 않을까요?
오늘 저녁은 누군가에게 묻고 싶어요

한숨도 못 잔 얼굴로 눈을 비비는 동료 하나가
인간이 너무 징글징글한 것 같다고 말하길래
너도 그래 하고 답하고 말았어요

오늘은 그냥 왠지
식탁 위에 놓인 해초 샐러드만
퍼먹었으면 좋겠어요
흔들거리면서 부유하면서
아무것도 따져 묻지 않으면서요

오래전 분명 난 이 순간을 한번 경험해본 적이 있어요

사는 게 뭐 같다던 선배가 옆에 앉은 후배의 뺨을 후려쳤

었나
아니면 이모가 아무 말이나 내뱉던 손님의 주둥아리에 유리잔을 날렸었나
그 장면 다음엔 항상 내가 으깬 토마토를 무심하게 퍼먹었던 것

어쩌면 이건 내가 일기에 써놓은 상상일지도 몰라요

그러나 달큼한 피냄새가 나요
어떤 인간은 너무나 평온한 얼굴로
남의 손등에 포크를 내리찍을 줄 알잖아요

나는 그래요
상처 가득한 손등을 바라보며 죽어도 되겠네
피범벅인 손을 빵인 줄 알고 먹으며 맛있다 맛있다 되뇌며

동료의 웃는 얼굴이 부끄러워요
그걸 먹은 내가 부끄러워요
식탐이 솟아나는 게 부끄러워요

죄책감이 어디서 생겨나는지 알아요?
모락모락 김이 피어나는 저 흰쌀밥
거기서부터

질기고 비릿한 고기가 아니라
파와 양배추와 당근 버섯 애호박
채식 식탁 앞에서 잠시 울고 말아요

이제껏
나는 쓰레기를 좋아했어요
나는 멈추어 있기를 좋아했어요
나는 여리고 약한 것일 뿐이에요
나는 늘 마음을 잘 다스리고 싶었어요
오늘 저녁을 무사히 보내기를 바라는 것만큼이나
지옥의 계도 기간이 잘 끝나기를 바라요

식인귀의 입이 크게 벌어졌다 다물어진다

마음을 도려내주었지만
한 번도 마음을 채워본 적 없어서
그저 육식에 몰두하고 마는
방금 막 지옥의 입구에 도달한 자로선
이 밤이 지나가도록
배는 쉬이 부르지 않아요

커다란 식탁 위에서 내려올 줄 몰라요

썰매가요

폭설이 내린 마을이에요
운전자를 태운 버스가 그만 미끄러져요
텅 부러진 나무가 미끄러져요
울타리를 부수고 눈사람을 치네요

적막한 마을에요
구석에 놓인 작은 썰매 안에서 태어나
쪼개진 눈사람들
이 앞마당과 저 앞마당에 불어나네요

우리의 작은 쥐새끼, 하얗고 커다란 눈망울을 간직한, 한껏 기지개를 켜고서, 썰매를 매달고 굴러간다네, 쥐의 눈이 굴러간다네, 울타리 너머로 간다네, 눈사람인지 쥐새끼인지 모를 눈덩이들이 데구루루 눈밭을 가로지르네, 찔레꽃 가시와 썰매와 목수네 집 그리고 아침을 지나서 슬픔을 무럭무럭 키운다네

썰매가요
함께 가요

겨울을 이끌고
불행을 미루고
눈사람의 세력을 키우고

마을을 장악해요

우리 마을엔 대장이 없단다
우리 마을엔 전설만이 있단다
우리 마을엔 아무것도

아무것도 보이지 않아요
우리는 마을처럼 애초에 없었던 거잖아요
세상에는 설명할 수 없는 일들이 태어나고 죽는 거잖아요

집안 전등이 꺼질 듯 깜빡거리는 걸
골목 어귀가 발자국으로 더러워지는 걸
하얀 지붕이 어둠에 서서히 묻혀가는 걸
보고 보고 또 봐요

누군가 목을 매 죽었다던 나무는 밑동만이 남았고
그 자리에 슬픔이 그대로 자라서는 우릴 내려다보고 있어요

담벼락이 곧 무너져내릴 것 같아서 눈을 뗄 수가 없어요

어디론가 향해 가는 발자국을 하나하나 지우는 동안

슬픈 마음들이 자꾸 썰매로 태어나 집 앞에 쌓여가요

마을 어귀에 커다란 그림자
제복을 입고 호루라기를 불며
침입하려 했지만
언덕으로 미끄러져가요

어쩔 수 없이 눈에 뒤덮인 썰매가요
한번 들이닥친 마을의 재앙은
돌이킬 수 없다는 듯이
가득해요

S이거나 F

우리는 무엇을 잘못했을까?

우리에 대해 떠올리는 밤
베개에 엎드려 과거를 들춰보는 이는 누구일까?
책장에 올라가 웅크린 고양이, 문밖에서 우는 아이
어쩌면 이 모든 장면이 나로부터 시작하는 것일까?

캐물을수록 모든 게 잘못 같아
우리란 말은 어쩐지 참 비현실적이고
그저 그물망처럼 생긴 걸 우리라고 한다면

너는 아무 생각 없이 그물에 걸려든 걸 테고, 나는 그물을 머리에 자꾸 처박고 있느라 목이 빠질 것 같고, 그물 바깥으로 촘촘히 벌레들이 달라붙은 게 보여

미궁에 빠져들기 딱 좋지
너와 나는 달라도 너무나 다른 종족이고
집으로부터 일만 광년*이나 떨어진 채 자라온 우리가

무엇을 잘못했던 것일까?

차라리 바닥에 부딪혀 머리를 팡 터뜨리고 말지
새끼 거미들처럼 바글거리며 생겨나는 세포들

그게 하나씩 몸뚱이가 자라나면서 꼴을 갖추고
우리를 만든다

씩씩대거나 찡그리거나 기어가는 아이들 속에서 내가 보이니?
놀란 눈의 O야, 아니 너는 게으른 X구나, 아니면 무심한 F야, B는 그만 좀 고개 돌려, J는 노래를 부르고, R은 정신과 선생처럼 깐깐하게 굴고, Q는 뚱한 얼굴로 울어, 얘네 중에서 차라리 마음에 맞는 널 만들어낼까?

나 곧 죽을 것 같아
이런 말에도 꿈쩍하지 않는 너 대신
주전자에 찻잎이라도 넣고 끓여줄 S를 원해

한 베개에 머리를 맞대고 무한 증식하는 아이들아
이제 좀 우리는 우리 같아 보이겠지

우리는 조금은 신이 나서 떠들어댄다

눈 내리는 날에 얼어붙은 시체를 발견했어,
하수구에서 움직이는 머리채를 집어 올렸어,
지붕 아래 말벌집에선 아기 울음소리가 들려,
메말라가는 토마토 화분을 뒤집었더니 피가 났어,

목줄을 채운 개가 유기견을 물고 달아났어.

그런데 A야, 사실은 내가 아는 S는
사과하고 싶어했어
너를 절벽에서 밀친 건 고의가 아니었다고

쥐구멍을 만들어놓고 숨어버리면
있던 게 없어지기도 하잖아

근데 뭘 잘못했다고 용서를 구해야 하는 걸까?
나는 그만 꺼지라고 말한 것뿐인데

진짜로 그 밤에 나는 죽어버렸고
그 밤에 죽임을 당했는데
물에 빠졌나 불에 타버렸나 다시 살았나
기억나지 않는 밤

상처나 잘못은 순식간에 없어지고
잔해만 남아 꺼끌꺼끌한 표면이 만져지기도 해

광활한 모래벌판이 되기도 하고 얼어붙은 입술이기도 한
시시때때로 변모해나가는 그것을 어찌해야 할까

S이거나 F이거나 상관없이 그렇게 이름을 붙이고
공책을 펼쳐
태어났을 때부터 저지른 죄에 대해 써나가는 거지

우리는 말이야

이불을 뒤집어쓴 채
증오했던 그 밤을 지운다

성별이나 나이는 중요하지 않은 조그만 벌레들처럼 날개를 비비거나 꽁무니를 들이대거나 주둥이를 오물거리며 그게 웃는 건지 우는 건지 도통 알 수 없는 우리는

기꺼이 죗값 보존의 법칙을 배운다

가는 풀을 이어 세 가닥 머리 땋기를 하거나
길바닥에 풍뎅이 무늬를 촘촘하게 그려가거나
수백 번 골목길을 돌고 돌며 헤매다가 보니

너는 얼마나 많이 잘못한 거니?
오늘도 잘못하지 않은 이들이 한꺼번에 죽음을 건넜는데
잘못은 도대체 누가 한 것이니?
이런 질문을 조용히 넘기고 넘기면

F는 S를 꽉 끌어안으며 숨죽여
물지 않으려 애를 써

발밑이 이렇게 뜨겁고 축축한데 말이야
피는 용케 발바닥을 부여잡고 있어

팁트리와 애트우드와 오츠 같은 이야기꾼은
잘못한 이야기가 잘한 이야기를 이끌고 가도록
한 글자도 놓치지 않고
먼 미래에 관한 이야기를 목격해냈다

그래서 오래 살아남은 이야기에는 틀린 말이 없고

그러니 S야, 이 밤은 너에게 꼭 되돌려주고 싶어
내가 빼곡하게 써내려간 밤이 증거가 될 수 있을까?

욕심이 한껏 과해져 도통 결말이 보이지 않는 밤을
새벽이 밝아오도록 잠을 이루지 못한 흔적을

이제 다 끝냈어

머리맡에 둔 자리끼를 한 컵 따라 찬찬히 마신다

지난밤에 내가 한 말에 대해 추궁하는 일을, 후회하는 일을, 비난하는 일을, 모욕하는 일을, 인간이어서 하는 말 따위를 어렵게 삼키고 나면

반듯하게 펴놓은 이부자리 위
한데 몰려 잠든
무수한 내가 있고
네가 있다

전혀 영문을 모르는
우리가 있다

* 제임스 팁트리 주니어, 『집으로부터 일만 광년』, 신해경 옮김, 엘리, 2022.

표고버섯 키트

밤마다 설치류가 오물거리는 일을 구경해
매일매일 챙겨 먹는 알약을 뱉으면서

구름버섯과 언니버섯 빨강버섯과 귀신버섯
팽이버섯 느타리버섯 양송이버섯 석이버섯 미치광이버섯
버섯은 셀 수 없이 이름이 많고 많으니
밤새도록 오물오물 혓바닥을 굴려보기

더는 여기서 성장을 멈추지 않을 거야

표고버섯이 자라지 않아도
여자애는 무럭무럭 어른이 되어가고

마음속에 균열을 일으킨다
다음을 위해 뿌리를 잘라낸다

버섯 스튜를 다 함께 먹은 날
시궁쥐한테서 빛나던 형광색 눈깔
짐승 가죽을 벗은 우리는

버섯을 따자 버섯이 되자 버섯을 먹자
언니들을 하나하나 세면서
자라지 않은 발을 볼 때마다 그 발을 짓이긴다

기어코 행복을 기원하면서
하느님궁뎅이버섯 찬송가라도 읊으며
늘 아침을 맞이하는 숟가락을 버린다

커다란 냄비 안에는
비릿한 냄새가 진동하는 풀죽 같은 게 들어 있고
이젠 지긋지긋한 하루를
뒤집어엎기

어제 딴 환각이 목구멍으로 내려간다
정말 끝내주게 환상적인 스튜를 찾아서
숲속으로 내달리면

내 뒤로
도깨비풀 같은 언니들이
폴폴폴 흩어지고
이름이 뭐였는지
얼굴이 어땠는지
상관없어
그렇게
한꺼번에 밀려와
비좁고 어두운 동굴을

막
빠져나온
그때

우리는 모두 나이 많은 여자였다

해설

망자들의 학교

최가은(문학평론가)

이야기는 소설의 한 장처럼 시작한다.
우리 어머니들과 할머니들의 침대맡에 없어서는 안 될 책
『제인 에어』에 나오는 붉은 방의 '비밀'처럼.
붉은 방에는 수상쩍은 장식장이 있다.
하지만 수상쩍은 장식장 얘기를 하기 전에, 다른 것이 있었다.
어머니 방에 있던 그림, 〈결투〉 말이다.[1]

우리는 모두 기억나지 않는 어떤 예외적인 장면의 목격자이다. 글쓰기에 진지하게 임하는 이들은 입을 모아 이 최초의 장면에 대해 말한다. 마치 "소설의 한 장처럼 시작"되는 "붉은 방의 '비밀'"은 '나'의 글쓰기를 강제하는 것이기 때문이다. 그러나 좀더 자세히 들여다보면, 글을 쓰는 자가 쓰는 행위를 통해 마주하는 것이 최초의 장면 그 자체가 아니라는 점을 알 수 있다. 그보다 그는 그러한 장면이 분명히 존재한다는 감각만을 반복적으로 대면한다. 글쓰기가 요구하는 정적은 그런 것이 바로 내 '안' 어딘가에 있다는 강렬한 기운을 일깨우는데, 그것이 정확히 어디쯤에 위치해 있는지, 또한 그 의미는 무엇인지와 같은 구체적인 정황은 글을 써나갈수록 모호해질 뿐이다. 그 때문에 쓰는 자는 화자

1) Marina Tsvetaeva, "My Pushkin", *A Captive Spirit: Selected Prose*, ed. and trans. J. Marin King, Virago Press, 1983, p. 319. 엘렌 식수, 『글쓰기 사다리의 세 칸』, 신해경 옮김, 밤의책, 2022, 23쪽에서 재인용.

를 앞세워 모든 일이 시작되었다고 여겨지는 '붉은 방' 근처를 하염없이 서성이곤 한다.

굳게 닫힌 채로 열리지 않는 붉은 방의 문은 점차 그 너머에 대한 이상한 집념과 확신을 불러일으킨다. 이 세계의 불가해한 잔인함을 모조리 설명해낼 무언가가 바로 그 안에 있다는 믿음이 생겨나는 것이다. 이제 '나'의 비밀이었던 그것은 '세계'의 비밀에 대한 열쇠가 된다. 이 같은 사명을 등에 업고 쓰는 자는 그곳을 향해 더욱 과감하게 내달린다. 그런데 닫힌 문 앞을 수차례 방문하는 이들 중에는 문득 다른 사실을 깨닫는 자도 있다. 그 최초의 장면에 앞서 훨씬 수상한 무언가가 있었다는 사실. 이제 와 기이하게 느껴지는 것은 비밀을 간직한 붉은 방의 장식장이 아닌, 어머니의 방에 버젓이 걸려 있던 한 폭의 '그림'이다.

엘렌 식수는 이 그림의 존재를 글쓰기의 진정한 비밀과 관련짓는다. 그는 글쓰기를 세 단계의 학교로 구분한 뒤, 그 첫번째 순간을 '망자의 학교'[2]라고 이름 붙인다. "글쓰기는 그 원초적인 그림, 우리의 그림, 우리를 두렵게 만드는 그 그림을 복원하고 발굴하고 다시 찾으려는 시도"이며, 망자들은 "우리를 두렵게 만드는"[3] 그러한 배움으로 이끄는 안내자이다.

2) 엘렌 식수, 같은 책, 18쪽.
3) 같은 책, 22쪽.

*

어디서부터 이야기를 해야 할까

끝이 난 시점
거기엔
경계선이 있고
넘어서기에 딱 좋고

축축해진 손을 흙에 묻었더니
금세 와글와글한 이야기가 자라났다

(……)

손……님……
서두를 부탁드려요

주렁주렁 열린 손을 뽑는다

이 이야기가
부디
아무나 꽉 잡아주기를

—「손고사리의 손」 부분

많은 이들이 '시작'을 말할 때, 한연희는 '끝'을 본다.[4] 그에게 끝은 바로 이 '망자의 학교', 즉 글쓰기의 첫번째 순간이기 때문이다. 글쓰기를 혹은 삶을 시작하려면 죽음이 있어야 한다. 모두가 끝났다고 생각하는 살아 있는 죽음이. 이번 시집 『희귀종 눈물귀신버섯』에서는 이미 많은 이들이 힘을 모아 물밑으로 묻어버린 사체의 썩은 내가 생생하게 진동한다. 그것들은 곧 "멍이 든 손목" "이가 나간 그릇" "손잡이를 잃"은 냄비(「딸기해방전선」)와 "뭉개진 자두" "불타오르는 나무토막"(「씨, 자두, 나무토막 그리고 다시」) 등의 형태가 되어 사방에서 제 모습을 드러낸다. 이런 종류의 "끝이 난 시점"의 풍경에는 언제나 "넘어서기에 딱 좋"은 "경계선"이 있다. 우리가 기대하는 대로 화자는 그것을 넘어서지만, 그렇다고 그가 이 모험의 주인공이 되는 것은 아니다. 경계선 너머에서 절로 자라나고 있던 "와글와글한 이야기"들이 그에게 이야기의 "서두를 부탁"하기 때문이다. 말하자면 그는 이곳 망자들의 이야기를 다시 쓰는 '주

4) 한연희의 첫번째 시집 제목은 '폭설이었다 그다음은'(아침달, 2020)이다. 과거형으로 제시되지만, 동시에 여전히 아무것도 이루어진 것이 없는 폐허로서의 현재를 소환하는 한연희의 방식, 즉 그가 '끝'을 말하는 방식에 대해서는 다음의 글에서 다룬 바 있다. 최가은, 「당신의 콧수염숙녀가 언니, 하고 부를 때」, 『딩아돌하』 2021년 여름호.

인'이 아니라, 이야기의 시작을 써달라고 위탁받은 '손님'에 불과하다.

이는 시집의 화자가 이 모든 임무와 여정을 지나치게 두려워하는 인물인 것처럼 보이면서도, 때로는 상당히 대범한 인물처럼 보이는 이유이기도 하다. 그는 "무서움을 잘근잘근 씹"으며 "공포감을 없애는 데 도움이"(「공포조립」) 되는 것을 연구하다가도 망자들을 향해 성가시다는 투로 "그래 참 미안합니다"(「사나운 가을 듣기」)라고 중얼거리고는 상황을 대충 정리하려 하기도 한다. 이처럼 상반되는 태도와 충돌하는 감정을 짊어 메고서도 그가 계속해서 어디론가 향해 가는 이유는 따로 있다. 그것은 이 시집의 한가운데 놓여 있는 죄의식 때문이다.

그때 나는 까마귀에 대해 궁금해졌다
마른 나뭇가지 위에 앉아 울어대는 이유가
나무 밑을 서성이고 있는 나 때문인지
죽은 줄 알았던 새의 사체가 감쪽같이 사라져서인지

하필 까마귀가 울지만 않았다면 다 괜찮았을 오후라서
나는 싫다싫다싫다 되뇌었고
까마귀가 봄을 싫어한다고 여기려다가
낯선 단어들이 부글거리는 걸 뱉어버렸다

까마귀와 까뜨린느
까까머리와 까막눈
조까와 돌까

(……)

선명한 어둠은 갑작스레 눈앞을 가로막고
햇볕에 선 모두가 죽어야만 하는 이유를 이해하느라
나는 끝없이 고개를 까딱거렸다

(……)

주인 없는 정원에선
까마귀는 홀로 울지 않는다
다 같이 울거나 아예 입을 다물거나
나무 아래 세계와는 상관없다는 듯
조까조까조까 소리를 내느라 부리를 여닫는 것이다
—「아주 가까이 봄」 부분

이번 시집에서 죄의식은 우리에게 꽤나 익숙한 형태로 나타난다. 그것은 '원혼'과 '악령', '넋'의 "목소리와 숨소리"를 품은 "울음"(「기계 속 유령」)이 되어 '나'에게 닿는다. 우리는 그 울음을 통해 『희귀종 눈물귀신버섯』이 제시하는 타자의 존재를 감각하고, '횡단보도'와 '산골', '계곡'과 '지붕 끝'에 널브러져 있는 속수무책의 죽음들, 이른 절망들, 부당한 목숨들에 대해 인지한다. 이 시집이 우리를 데려가는 곳은 억울한 죽음에 대한 정당한 애도의 길이라고 믿으며, 그렇게 다다르게 될 곳이 어디건 들려오는 까마귀의 울음에 집중하는 것이다.

그런데 이 예견된 날짐승의 울음 앞에서 막상 '나'는 혼란을 느낀다. 까마귀의 울음이 그 아래를 서성이고 있는 '나' 때문에 시작된 것인지, 아니면 '나'와 무관하게 지속중이던 울음을 '나'가 알아차리게 된 것인지 확실치 않기 때문이다. 까마귀의 울음이 '나'의 안과 밖 어디에서 비롯된 것인지를 알 수 없기에 '나'는 불안하다. 심지어 까마귀는 결코 "홀로 울지 않"지만, 자신 바깥의 세계, 즉 "나무 아래 세계와는 상관없다는 듯" 울어젖힌다. 이 울음은 '나'가 들어도 괜찮은 울음인 것일까?

과연 자신이 슬퍼해도 괜찮은지 불확실할 때, 화자가 대면하는 것은 울고 있는 대상에게 "미안"해해야 하는 것인지, 아니면 "안미안"(「사나운 가을 듣기」)해해도 되는 것인지의 문제, 즉 죄책감의 적절성에 대한 문제이다. 슬픔을 느껴야 할 대상에 대해 이렇게 거리 두기를 하다보면 까마귀의 울음이 "싫다싫다싫다" 여겨지는 것은 물론이고, 급기야 근본적인 의문까지 생겨나기 마련이다. 우리는 대체 "무엇을 잘못했을까?" "어쩌면 이 모든 장면이 나로부터 시작하는 것일까?"(「S이거나 F」) 말하자면 까마귀의 울음은 '나'로부터 시작된 것으로서, '나'에 의해 언제든 차단될 수 있는 자족적인 울음일 수도 있는 것이다. 그렇다면 '나'는 왜 우는 걸까?

우리는 무엇을 잘못했을까?

우리에 대해 떠올리는 밤
베개에 엎드려 과거를 들춰보는 이는 누구일까?
책장에 올라가 웅크린 고양이, 문밖에서 우는 아이
어쩌면 이 모든 장면이 나로부터 시작하는 것일까?

(……)

무엇을 잘못했던 것일까?

차라리 바닥에 부딪혀 머리를 팡 터뜨리고 말지
새끼 거미들처럼 바글거리며 생겨나는 세포들
그게 하나씩 몸뚱이가 자라나면서 꼴을 갖추고
우리를 만든다

(……)

눈 내리는 날에 얼어붙은 시체를 발견했어,
하수구에서 움직이는 머리채를 집어 올렸어,
지붕 아래 말벌집에선 아기 울음소리가 들려,
메말라가는 토마토 화분을 뒤집었더니 피가 났어,
목줄을 채운 개가 유기견을 물고 달아났어,

(……)

상처나 잘못은 순식간에 없어지고
잔해만 남아 꺼끌꺼끌한 표면이 만져지기도 해

광활한 모래벌판이 되기도 하고 얼어붙은 입술이기도 한
시시때때로 변모해나가는 그것을 어찌해야 할까

S이거나 F이거나 상관없이 그렇게 이름을 붙이고
공책을 펼쳐
태어났을 때부터 저지른 죄에 대해 써나가는 거지

우리는 말이야

이불을 뒤집어쓴 채
증오했던 그 밤을 지운다

성별이나 나이는 중요하지 않은 조그만 벌레들처럼 날개를 비비거나 꽁무니를 들이대거나 주둥이를 오물거리며 그게 웃는 건지 우는 건지 도통 알 수 없는 우리는

기꺼이 죗값 보존의 법칙을 배운다

—「S이거나 F」 부분

이 망측한 울음으로부터 탈출하기 위해 이제 화자는 울음을 듣는 것이 아니라 "공책을 펼쳐" 그 안에 적힌 의미를 읽어내야만 한다. 울음에서 비롯되는 감당하기 어려운 수치심과 죄의식을 세계의 '비밀'에 다가가기 위한 욕망으로 대체해야 하는 것이다. 그는 "조까조까조까"(「아주 가까이 봄」) 같은 불쾌한 발음으로 흐느끼는 까마귀의 울음을 "전 세계로 퍼져나가"는 "이런 비슷비슷한 이야기"(「기계 속 유령」)로 전환하기 시작한다. 눈 내리는 날 얼어붙은 시체를 발견한 이야기, 하수구에서 움직이는 머리채를 들어올린 이야기, 지붕 아래에서 들려오는 아기 울음에 관한 이야기와 화분을 만지다 피가 난 이야기가 앞다투어 '울음'의 내용으로 고발된다. 죄의 수준이 이해 가능한 이야기로 변모할 때, 바닥에 부딪혀 터진 머리들이 모여 '우리'의 눈, 코, 입을 형성한다.

그런데 우리가 세상의 울음에 대한 이야기를 쓰는 즉시, 공책에는 그 모든 상처와 잘못의 "잔해만 남아 꺼끌꺼끌한

표면이 만져"진다. 여기서 우리는 산 자와 죽은 자의 위계는 물론 죽음의 위계를 나누어 그것에 정확한 이름을 붙이는 것, 혹은 타당한 울음들에 귀기울이는 것에 대한 더 정교한 방법론을 발견하지 못한다. "태어났을 때부터 저지른 죄에 대해" 한참을 써내려가던 우리가 이야기를 통해 배운 것은 "죗값 보존의 법칙"이기 때문이다.

죄는 그리고 죗값은 보존된다. 그런데 그것이 '너'에 의해서 보존될 뿐만 아니라 '나'에 의해서도 보존된다면, 이제 '나'는 어느 곳을 향해 손가락질을 해야 할지 당황스러워지는 것이다. 우리 안에서 한 여자애의 손목을 낚아챈 "아저씨를 죽이겠다는 집념"(「알루미늎」)은 습관처럼 자라난다. 그러나 저 여자애, "저기 선 당신, 아무나"(같은 시)인 그녀는 '나'와 똑같은 얼굴로 문을 노려보며 '나'에게 "이방인이다"(「청록색 연구」)라고 말한다. 망자들은 이야기에 겨우 들어선 '나'를 이 같은 수군거림으로 내쫓는다. 죽음은 결코 '나'에 의해 사라지거나 완성되지 않는다.

한연희는 아주 명백하게 들려오는 '언니' '엄마' '딸' 들의 잊힌 목소리를 이어받고, "끈적끈적"한 "미래의 꼭짓점"(「주먹밥이 굴러떨어지는 쪽」)에서 우리가 '우리'라는 이름으로 함께할 수 있다고 믿는다. 그러나 그 미래는 완성된 풍경으로 펼쳐지는 것이 아니라, 끝없이 채워지며 보존되는 '나'의 죗값을 "기꺼이" 대면하는 일로써만 겨우겨우 이어진다. 그런데 '나'의 죄라니? '나'는 대체 무엇을 잘못한 걸까? 아저씨를 죽이겠다는 집념하에 감히 소녀의 오줌 자국을 들여다본 죄?(「알루미늄」) 지붕 위로 올라간 언니를 까맣게 까먹은 죄?(「고딕 모자」) 그럼에도 횡단보도 맞은편에서 "여자애"인 '나'를 한껏 내보이며 '언니'와 '엄마'들에게 '나'의 몫이 아닌 걱정을 받아내고자 한 죄……?(「녹색 활동」)

그러나 '나'의 가장 징그러운 죄는 이 모든 것에 대해 생각할 때 '나'의 "입안에 침이 고여"(「공포조립」)든다는 사실에 있다. 『희귀종 눈물귀신버섯』의 핵심인 이 기괴한 '허기'는 제대로 죽지 못한 죽음들과 여기에 수반되는 모든 죄와 공포가 '나'에게 일종의 먹이가 된다는 것, 심지어 '나'의 삶의 거의 유일한 자산이 되어 '나'를 유지시킨다는 사실에서 오는 극도의 불안과 막연한 죄책감의 다른 표현이다.

이는 '붉은 방'과 '장식장' 근처를 서성이도록 화자를 앞세웠으나, 어느새 화자와의 거리가 투명해진 시인 자신의 허기이기도 하다. 이들 망자의 존재가 다름 아닌 "시작할 죽음"[5]이라는 사실을 아주 예민하게 감각하는 자의 허기. 이 광기 어린 허기는 붉은 방 앞에서 '나'를 내려다보던 '그림' 앞으로 시인과 화자를 데려간다. 그림이 내뿜는 무서운 진실은 '나'가 다른 누구도 아닌 '나' 자신을 위해 이 붉은 방 앞에 와 있다는 것이며, 오직 '나'를 보존하기 위해 익사자들의 오줌 자국을 필요로 하고 있다는 사실이다.

5) 엘렌 식수, 같은 책, 27쪽.

"우리를 두렵게 만드는" 이 그림 앞에서 망자들은 '나'가 그들을 필요로 하도록 순순히 내버려두지 않는다. "그동안 잘 지내지 못했는가?"(「계곡 속 원혼」)라는 '나'의 질문에 그들은 오직 텅 빈 눈으로 동일한 질문을 되돌려 보낸다. 이야기의 주인이 '나'가 아닌 까닭이다. '나'는 이 죽음의 편지, 망자들의 부름의 수취인이다. 모든 죽음과 그 죽음에 수반되는 온갖 죄 덩어리들이 정당한 애도의 대상이 아니라 '나'를 보존하는 '나'의 오물이라면, 이게 곧 '나'가 껴안아야 할 '나' 자신의 삶이자 죽음이라면, '나'는 망자들에게 슬픔의 손길을 건네기 이전에 기겁하며 되묻게 되는 것이다. 하필 "나라고요? 그 편지를 다른 사람한테 줘!"[6)]

사실 나는 하나도 미안하지 않아
잘못하지 않았어 미안하지 않아

안미안미안미안미안안미안안미안
사나운 가을이 날갯짓소리라도 내는 것일까

그렇게 하염없이
차가운 바람이 불어오게 둔다

---

6) 엘렌 식수, 『아야이! 문학의 비명』, 이혜인 옮김, 워크룸프레스, 2022, 48쪽.

—「사나운 가을 듣기」 부분

우리의 진정한 죄는 우리의 잃음이 얻음과 한데 섞여 있다는 데서 비롯된다. 우리는 무언가를 잃고, 그것으로 세상을 인지한다. 그때 우리가 얻는 것은 우리에게 주어진 붉은 방이라는 특권 그 자체다. 우리에게 섬뜩하게 들러붙지만 우리가 마음만 먹는다면 언제든 중단할 수 있는 까마귀, 아니 까뜨린느, 까까머리와 까막눈 들의 울음소리. 우리는 그런 것이 우리 곁에서 사라졌다는 바로 그 감각을 얻으며, 그것을 얻는 것으로 텅 빈 눈의 익사자들을 마음 편히 애도할 수 있는 것이다. 그러나 한연희가 『희귀종 눈물귀신버섯』에서 호소하는 '배고픔'은 더이상 그 텅 빈 눈의 익사자와 자기를 분리할 수 없는 자의 비명이 되어 우리의 애도를 방해한다.

*

산에 자주 오르는 사람은
계곡이 나타난다고 한들 관심을 기울이지 않는다
거기에 기다리던 사람이 있다
그렇다 한들 만나러 가지 않는다
언젠가 한때 정을 나누고 서로에게 의지했던 사이였지만
그이는 계곡에 빠져 죽은 혼이 되어 있을 뿐이라
더는 마주할 수가 없고

산에 오르게 하는 이유가 원한 때문일지도 모르지만
북한산에도 가고 관악산에도 가고
또 어느 날엔 도봉산 둘레길을 걷고
그저 습관처럼 산을 찾는 사람
그가 우연히 무수골 입구의 비석에서
근심과 걱정이 없어진다는 마을 이름의 의미를 읽는다
딱히 마음에 드는 것은 아니지만
아담한 길을 따라 걷고 걸으며 근심을 잊어보려 애쓴다
마침내 계곡에 이르러
그 무수골 계곡에 산다는 흰 버섯을 본다
바위틈에 달라붙은 이끼를 훑는다
(……)
그동안 잘 지내지 못했는가?
믿음은 이끼에 가깝지 않았던가?
계곡에선 이제 죽지 않는가?
질문이 거듭될수록
그이의 눈은 텅 비어가고
몸체에 닿는 물의 철썩거림은 커다래지고 커다래져서
정확히는 알 수 없는 울음으로 번져간다
영영 답은 돌아오지 않는다
(……)
이런 물음이 얼마나 원망에 깃든 기도에 가까운지
계곡에 이르면 왜 울컥 목이 메고 마는지

발을 담그고 수면 아래로 기어이 들어가고 싶은지 말
이다
매년 무수골 입구에는 작고 흰 버섯이 피어나는데
그 이름은 희귀종 눈물귀신버섯
그걸 보기 위해 사람이 몰리는 여름마다
꼭 익사자들이 생겨나 계곡은 충만해진다

—「계곡 속 원혼」 부분

번역 불가능한 말들이 우글거리고 분리 불가능한 삶-죽음이 바글거리는 곳, 그 "고독과 공동체 삶 사이의 경계-지역"[7]에서 끝없는 허기를 느끼게 하는 곳이 바로 한연희의 '계곡'이다.

여기까지 따라 걸어온 우리 앞에는 이제 다음과 같은 망연하고도 선명한 사실이 놓인다. "여름마다/ 꼭 익사자들이 생겨나 계곡은 충만해진다". 붉은 방을 향해 가는 우리 앞에 계곡이 나타난다 한들, 심지어 그곳에 우리가 기다리던 바로 그 사람들이 있다 한들 우리는 혼이 된 그들이, 우리 앞에 자라난 이 이야기의 주인이 될 수 없다. 반복되는 허기와 뒤따르는 죄의식 때문에 "그저 습관처럼 산을 찾는 사람"이 될 수 있을 뿐.

'그림'이 보여주는 이 모든 진실 앞에서 "붙박이장처럼"

7) 엘렌 식수, 『아야이! 문학의 비명』, 46쪽.

"매번" 그것의 "목격자가"(「실내 비판」) 되겠다는 시인의 다짐은 끝없이 스스로의 허기를 되새김질하는 "희귀종 눈물귀신버섯"의 목소리와 겹치며 우리의 망각된 배고픔을 다그친다.

한연희 2016년 창비신인문학상으로 등단했다. 시집으로 『폭설이었다 그다음은』이 있다.

문학동네시인선 199
희귀종 눈물귀신버섯

1판 1쇄 2023년 8월 4일
1판 3쇄 2024년 7월 15일

지은이 | 한연희
책임편집 | 오윤
편집 | 김내리
디자인 | 수류산방(樹流山房) 본문 디자인 | 이원경
저작권 | 박지영 형소진 최은진 서연주 오서영
마케팅 | 정민호 서지화 한민아 이민경 안남영 왕지경 정경주 김수인 김혜원 김하연 김예진
브랜딩 | 함유지 함근아 고보미 박민재 김희숙 박다솔 조다현 정승민 배진성
제작 | 강신은 김동욱 이순호 제작처 | 영신사

펴낸곳 | (주)문학동네
펴낸이 | 김소영
출판등록 | 1993년 10월 22일 제2003-000045호
주소 | 10881 경기도 파주시 회동길 210
전자우편 | editor@munhak.com
대표전화 | 031) 955-8888 팩스 | 031) 955-8855
문의전화 | 031) 955-2696(마케팅), 031) 955-8864(편집)
문학동네카페 | http://cafe.naver.com/mhdn
인스타그램 | @munhakdongne 트위터 | @munhakdongne
북클럽문학동네 | http://bookclubmunhak.com

ISBN 978-89-546-9876-4 03810

* 이 책은 서울특별시, 서울문화재단 '2023 창작집 발간 지원사업'의 지원을 받아 발간되었습니다.

www.munhak.com

문학동네